HumanITy

ヒューマニティ

矢野カリサ

幻冬舎 MC

HumanITy

ヒューマニティ

予定の19時よりも少し早く、橋本花《はしもとはな》は勤務先から地下鉄で3駅の銀座にあるレストランに到着した。

15階のエレベータホールの窓からは、立ち並ぶ都会のビル群が見え、緑地エリアの向こうには10年ほど前に東京の新しいシンボルとして話題となった超高層タワー、スカイアローがそびえる。地上50メートルからの眺望を楽しめるのがこのレストランの売りの一つだ。

秋分の日の翌日で、会社を出た時点ですでに日は暮れていて、手前のビル群の明かりが煌々と輝いている。この美しい夜景もたくさんのビジネスパーソンたちの残業によるものなのだなと、花は会ったこともない人たちの苦労を勝手にねぎらった。

それとなく店内を見たつもりだったが、視線に気づいたウェイターが中から出てきた。

「いらっしゃいませ。お待ち合わせですか」

軽く頷く。

「中で待たれますか」

「えーっと……」

花はウェイターに背を向け、手提げ鞄からスマホを取り出し、そっと呟いた。

「ベル、どうしよう」

〈香理奈さんからたった今、遅れるとメッセージが届いていますので中で待ちましょう〉

ベルと呼ばれたＡＩアシスタントがスマホの中から答えた。

「では、先に入ります」

花はウェイターに笑顔で答えた。

15分後、待ち合わせの相手、足立香理奈《あだちかりな》が手を振って花の前に現れた。ゴージャスな黄色のフレアスカートをフェミニンな白のニットで品よくまとめている。背は高いのにピンクベージュの口紅がかわいらしさを演出しているあたり、「さすが出版社の受付嬢だな」と花は評価する。

「お疲れー」

花は小さく手を振り返した。

「とりあえず飲もう」

香理奈はさっとメニューを見て、「私これにする」とベルギー製のビールの銘柄を指さした。

「私は、えーっと、ベル、何がいいかな」

〈香理奈さんと同じものはいかがでしょう。相手との共通点をつくることは、円滑なコミュニケーションのポイントです〉

ベルが答えるのを聞いて香理奈が身を乗り出した。

「うわ、それ、なんか名前あったよね」

「うん、ＡＩアシスタントのベル」

「私も天気教えてくれたり電気消してくれたりするやつ使ってるけど。けっこう便利だよね」

「それってＡＩスピーカーでしょ。ベルはもうちょっと賢くて、膨大な学習データをもとに、成功するための行動を教えてくれるんだ。悩み相談にも乗ってくれるんだよ」

「へえ、さすがＩＴ企業の方は進んだアプリ使ってるんだ」

香理奈は感心した素振りを見せつつ、ウェイターに素早く目くばせし、ビールを2杯注文した。

二人は大学時代からの友人で、卒業後もこうやって仕事帰りに互いの近況報告をしている。花は、月に一度、香理奈おすすめのおしゃれな店で、他愛もないことをあれこれ話すのを楽しみにしていた。

乾杯すると、花は勢いよくグラスのビールを流し込んだ。仕事の疲れを癒すにはこれが一番、と、花は冷たい泡が喉を滑り落ちていくのを感じながら改めて思った。

「花、異動になったんだって？」

「うん。ちょうど今日、内示があった」

「ＡＩとかデータ分析の仕事をしてるって言ってたよね」

「まぁ、ざっくりそんな感じ」

「それで今度は？」

「製造業のお客様の工場システムを担当することになったんだよね。最新の技術を使って工場の仕事を自動化していくんだ」

「へえ、自動化ね。よくわかんないけど、なんかすごそう！　今の仕事と何が違うの」

「今までは社内での研究が中心だったんだけど、今度はお客様向けのシステムを構築するんだよね」

「そうなんだ。研究していた技術を使って実践ってことか。でも、花が実際にそのお客様の会社とか工場に行くわけじゃないんでしょ？」

「まだわかんないけど、お客様には会いに行くことになると思う」

「ええ？　花が営業みたいなことするの？　システムを作るほうなんだから、ずっと社内でカタカタやるだけだと思ってた」

香理奈はキーボードを打つマネをして見せた。

「いやいや、システムはお客様のために作るわけだから、要件……その、どんなシステムにしたいかをしっかりヒアリングして、それを踏まえたシステムを作っていかないといけないわけ」

「そんなの営業が聞いてくれればいいじゃん」

「そうできればいいんだろうけど、細かいところとか、技術的なところを詰めるとなると、ＳＥ、つまり、私たちシステムエンジニアの出番になるんだよね」

「ふーん、それが花の仕事ってわけだ」

香理奈はお通しのピクルスをつまむ。

「ま、お客様のところに行くと新しい出会いがあるかもね！」

「そうかな」

「私の彼ももともとは受付に来たお客様だったしね」

「香理奈は美人だし、受付だから声もかけられやすいよね。取引先の社員を口説くような人は堅実な製造業のお客様にはいなさそうだけど」

「確かに工場じゃね。で、工場ってことは、川崎とか横須賀とか？」

「ううん、仙台」

「あ、東北……秋田の手前だよね」

「そうそう、秋田よりはずっと都会だよ」

「秋田は田舎だもんね。何にもないもん」

「三重の山奥出身の人には言われたくないよ」

そう言って二人はくすくすと笑いあった。互いの故郷を悪く言うふりをして、田舎出身であることを自嘲するのはいつものことだ。

「せっかく都会に出てきたんだからできれば田舎の工場には行きたくないけど、詳しいことは来週にならないとわからないからなぁ。でも、とにかく、これまでの研究の知識を活かして、実際にお客様の役に立つシステムを作れるってのは楽しみなんだよね」

「そっか、よかったじゃん。おめでとう」

香理奈にグラスを近付けられ、花が「うん」と頷いてグラスを合わせると、チリン、と小さく上品な音がした。

「ところで、今度、うちの出版社の取引先が主催するパーティーに呼ばれたんだけど、何着ていくか迷ってるんだよね」

「前に美香の結婚式で着てたマスタード色のドレスは？　胸元に大きなビジューが付いてるやつ」

「あれもかわいいんだけど、ちょっと派手すぎるんだよね」

「そっか。じゃ婚活パーティー用に買った袖がレースになってるブルーグリーンのワンピースは？」

「そんなのあったなあ。花、よく覚えてるね。3年くらい前に買ったんだっけ……」

「25歳までに相手見付けるって言って新宿まで一緒に買いに行ったじゃん。清楚系がいいからって何軒も見て回って5軒目でやっと見付けたんだよね」

「さすが花、相変わらず記憶力いいね」

「まあね。で、パーティーって何するの？」

「六本木のホテルであるんだけど、ゲストに有名なギタリストが来てライブもあるみたい」

「いいなあ。豪華！」

　香理奈は相変わらずきらびやかな都会の世界を楽しんでいるようだ。花も入社5年目で初めてお客様向けのアプリケーション開発を担当することになる。希望していた仕事ができるということで、花は1週間後の異動に期待を膨らませていた。

◆

　花は東京都港区虎ノ門のアイアン・ソリューションズのオフィスへと向かっていた。先月まで所属していた部署のオフィスは貸ビルやマンションが立ち並ぶなか、小道に入ると昔ながらの下町風情が残るエリアにあったが、異動先はビジネス街の中心地にある高層ビルの本社オフィスだ。

アイアン・ソリューションズは、運転を開始したら最後、決して止めてはいけない製鉄所のシステムを長きにわたって稼働させてきた経験をベースに、今では幅広い事業領域にチャレンジしている。今日から花が加わるのは、自動車や化粧品・食品メーカーや、電子部品、車載情報機器を生産する企業など、製造業向けのシステムを提供する部門である。

異動初日の今日は、新しい上司と顔合わせをしたあと、仕事内容について説明を受けることになっている。今度の上司の名前は本郷といい、事前に挨拶のメールを送付したところ、今日の10時に席に来るように、と返信があった。

新部署は22階だ。エレベータホールを抜け、ロッカーの脇を通って真っすぐ進むと、50メートルほどの壁一面が窓となっている開放的なオフィスフロアに出た。

「広い……」

花は思わず声に出して呟く。アットホームでこぢんまりとした前のオフィスとは明らかに雰囲気が違う。

席が固定されていない、いわゆるフリーアドレスで、広いエリア一帯のどこにでも自由に座ることができる。花は本郷がどこにいるのか把握するため、スマホの座席管理ツールを操作した。初めて使うツールで操作に少し手間取るが、名前を入力して検索すると、居場所が座席マップ上に示された。

「このあたりかな」

検索結果をもとに、中央付近のエリアで花がきょろきょろとしていると、通路近くに座る、目鼻立ちの整った女性と目が合った。紺色の短い丈のジャケットに白のボウタイブラウスを合わせ、花柄のレーススカートを上品に着こなしている。うちの会社にもこんなかわいい人がいるんだ、と花は内心うっとりとしていた。

「誰か探してるの?」

「あの、本郷さんってどこにいらっしゃいますか」

「本郷くん? そこだけど。あれ、もしかして橋本さん?」

「はい」

「今度同じグループになる上原夏美《うえはらなつみ》です」

事前に目を通していた人員配置名簿に先輩社員の上原の名前があったことを思い出し、花は慌ててお辞儀をした。

「橋本花です、お世話になります」

「本郷くんだよね?」

「はい」

社内で人の名前を呼ぶときは役職名を付けず、社長であっても「さん付け」をするのが通例である。仲のいい同僚や後輩には親しみを込めてあだ名で呼んだり「くん付け」をしたりすることもある。上原が「本郷くん」と呼んでいるということは、本郷は上原の後輩なのだと花は推測した。

「橋本さん来たよー」

上原は一列先の若い男性の座る席へと花を連れていってくれた。

「今日から異動になりました、橋本です。よろしくお願いします」

社員証を手に頭を下げる花に、本郷颯大《ほんごうそうた》は立ち上がり、「よろしく」と会釈をした。花より少し年上と聞いていたが、実年齢より若く見えた。全体的に細身で、さりげないストライプが入ったダークネイビーのスーツに、青系のネクタイをかっちりと締めている。「あごの先のラインがきれいだな」と花は思った。

「あちらで話そうか」

本郷はPCを持って立ち上がり、打ち合わせスペースへと向かい、花はその背中を追った。

「橋本花さんだね。1994年2月3日生まれ。秋田県出身。高校卒業後に上京し、大学では社会学部メディア学専攻。その後うちに入社し、現在入社5年目、ということでいいかな」

花はコンプレックスに感じている秋田出身ということを口に出されて少し戸惑ったが、「それくらいのことは人事から連絡がいっているのだろう」と平静を装い、「そうです」と返事をした。

「今回が初めての大きな異動なんだね。異動前は研究職だったから、技術力は問題ないと思ってる。今度はお客様向けのプロジェクトなので、畑違いになるけど、期待してるよ」

花は「頑張ります」と頷く。

「まずこの事業部のことだけど、お客様は製造業の会社。古くからお付き合いのある会社が多くて、古くなったシステムを7年から10年に一度更改して、何十年と当社にシステム運用を任せてくださっているところもある」

「長年の信頼と実績があるんですね」

「そのとおり。今回担当してもらうのも、古くからのお客様なんだ」

「青葉さんですよね？」

「正式には青葉山河《やまかわ》製作所だね。2年前に青葉工機と山河製作所が経営統合してできた会社」

「どちらも車の部品に使われるセンサーを作っている会社ですよね」

「そう。で、今回のプロジェクト、『ファクトリー5・0』では、スマート化された工場向けシステムを青葉山河製作所の仙台工場に試験的に導入する。ローカル5G、AI、自動運転などの先端技術を使って、工場の操業と物流に自動化を取り入れていく。簡単に言うと工場を丸ごと自動化しよう、ってことだね」

「えっと、具体的にはどういうことを実現するんですか」

本郷は打ち合わせスペースのディスプレイにPCの画面を投影し、説明を始めた。

「大きく二つあって、一つ目は生産管理の自動化。これまでは人間が受注情報や毎年の傾向をもとに製造計画を立てていたんだけど、これからはAIが実績や環境の変化などをインプットとして分析したり判断したりして、自動的に計画するようになる」

「手作業や勘と経験に頼っていたところをロボットがやってくれるんですね」

「そうだね。二つ目は物の運搬の自動化。ロボットや運搬用のトラックなどあらゆる機器をローカル5Gに接続して、工場内や納品先へ出荷するときに自動運転を使って運べるようになる。青葉さんが作っているセンサーは多品種少量で、出荷順に並べるときに奥のほうにある製品が取りにくかったり、離れた倉庫から持ってくるのが大変だったりで、ベテランの作業員がいい感じに並べていたんだけど、それも自動運転車が出荷情報に合わせて最適化して運ぶことになる」

花は無人の工場でロボットや自動運転車が縦横無尽に動き回っている様子を思い浮かべたところで、疑問を口にする。

「これまで工場にいた人たちはどうなるんですか」

「ほとんど人間がやることはないけど、ロボットへの作業指示をしたり、最終的に完成した製品から抜き打ちで品質をチェックしたり、そういう仕事に変わっていくね」

「なるほど。少子高齢化が進めば人手不足になりますから、自動化はこれからの時代に必要なことですよね」

本郷は大きく頷いた。

「試験的な導入ではあるんだけど、国家的にも注目されているプロジェクトなんだ。これが成功すれば、日本の製造業のあり方が変革されると言っても過言ではない。カットオーバーした暁にはマスコミや要人を招いたセレモニーも行うことになっているんだよ」

「すごい！」

異動前に聞かされていたのは、顧客が青葉山河製作所であることと、ファクトリー5・0というプロジェクト名だけであったため、想像していたよりも最先端で重要なプロジェクトにアサインされたことに、花の胸は高鳴った。

「それで、私は何をすればいいんでしょうか」

本郷はディスプレイに投影しているスライドを次のページへ進める。

「プロジェクトの体制としては僕がプロジェクトマネージャ、その配下は2チームに分かれている。生産管理の自動化チームと、運搬の自動化チームだ。橋本さんには生産管理チームのリーダとして、従来の生産管理システムを自動化するアプリケーション開発をリードしてもらう」

「え？」

「チームリーダがいたんだけど、その人が別の大規模案件を担当することになってね。そっちの案件も超重要だからって事業部長命令で担当変更になったんだよ。それで人をいろいろやりくりしていたところ、橋本さんが開発希望でこの事業部に異動になるということで、部長とも相談して少し若いけどリーダをやってもらおう、ということになったんだ」

もともとアプリケーション開発をやりたいと思っていた花にとって、それが実現できる職場に配属されたのはうれしいが、初めての開発なのにチームリーダは荷が重い。しかも国家的なプロジェクトだという。「果たして、自分にできるのだろうか……」と心の中で思いがうずまく。

不安げな花を気遣ったのかはわからないが、本郷は「僕もできる限りフォローするし、チームは全員協力会社のプログラマだけど優秀なメンバーがそろっている。さっき案内してくれた上原さんは運搬チームのリーダで、面倒見もいいから相談に乗ってくれると思うよ」と続けた。

机の上で本郷のスマホが音を立てたので、本郷は、「ちょっと、ごめん」と言ってスマホを耳に当て、何やら難し気な顔で話し始めた。

「ごめん。急な打ち合わせが入った。まずはプロジェクトの関連資料を見ておいて。保管場所は今、パスを送るから。それから毎週金曜は社内の進捗会議があるんだけど、今日午後からさっそく参加してくれる？」

「はい」

「今の時点で何か質問ある？」

「いえ、特には……」

花は仙台工場への出張があるかという質問をぐっと飲みこんだ。花の答えを聞いて、本郷はそそくさと席を立ち去った。

取り残された花は周囲を見回すが、先ほど案内してくれた上原の姿は見えない。周りの人たちは、花の存在に気づかないかのように、誰もが黙々と自分の仕事に向かっていた。

花はバッグからスマホを取り出す。

「ベル、私、ここでうまくやっていけるかな」

〈何事も前向きに挑戦することが大事です〉

「そうだよね」

〈まずは行動を起こすことですね〉

ベルに元気づけられ、花は午後の会議に備え、プロジェクトの資料にアクセスした。

◆

花はトイレの鏡の前で大きくため息をついた。初めてのプロジェクト会議に出てみて、プロジェクトの進行状況がいまいち芳しくないことがわかったのだ。

8カ月前に始まった「青葉山河製作所・仙台工場」向けファクトリー5・0プロジェクトは、システムの設計と、それを実際の形にする構築を行ったあと、現在は、作ったシステムをユーザーが実際に利用できるかどうかを確認する「ユーザーテストフェーズ」に入っている。テストが終われば来年の1月末にカットオーバーを迎える予定だ。

しかし、そのユーザーテストが難航していた。特に、花の担当する生産管理システムについては、仙台工場の担当者から改善要望が多数寄せられて来ていた。なかには「こんなシステム使えない」という否定的な意見も散見され、人の手でやっていたことを自動化することへの感情的な反発がうかがえた。この状況のままでは3カ月後のカットオーバーには間に合わない可能性が高く、延期が申し入れられる予定だった。希望していた開発案件の厳しい実情を目の当たりにし、花は再び深くため息をついた。

「お疲れ様～」

メイク直しだろうか、上原が入って来て花の隣に並んで話しかけてきた。

「案件の状況、ひどくてびっくりしちゃったでしょ？」

「はい、あ、すみません」

「でも、入ってくれてほんと助かる！　期待してるからね」

上原の屈託のない笑顔で鏡越しに見つめられ、花は会議の疲れが少し癒えた気がした。

「今日このあと、空いてる？　急だけど橋本さんの歓迎会やりたいな、と思って」

「はぁ……ありがとうございます」

「じゃ、とりあえず本郷くんとか、グループのメンバー、誘うね。まぁ本郷くんはお酒飲めないけど」

「本郷さんって上原さんより年次は下なんですか？」

「ううん、本郷くんはキャリア採用。このプロジェクトが始まったころに入ってきたはず」

「じゃあ、まだうちの会社に来て1年も経ってないんですね」

「そう。前の会社でもＳＥやってて、技術もマネジメントもできるってことで採用されたみたい」

同業他社への転職やその逆、出戻りも、この業界では日常茶飯事だ。

「一応私のほうが年上だから『本郷くん』って呼んでるけどね」

「上原さんは入社何年目なんですか」

上原は「う～ん」と小首を傾げたあと、「忘れちゃった。じゃ、今日19時からでよろしくね、花ちゃん」と手をひらひらとさせながら出ていった。

一人になった花はそっと呟いた。

「ベル、今日の夜だって。どうかな？」

〈おいしいものを食べると気持ちも晴れるでしょう。花さんは食べるの大好きですから〉

「そうだった！」

花は鏡に向かってにっこりと口角を上げ、急いでメイクを整え始めた。

◆

何度目になるだろうか、男は地下駐車場内の壁に書きなぐられた落書きをフロントガラス越しに眺め、その視線を左手首に落として無機質な蛍光灯の光を鈍い銀色で跳ね返す腕時計で時刻を確認した。

男の乗る車以外には駐車している車はほとんど見当たらない、その殺風景な駐車場の景色のなかで、時間の経過を唯一、証明できるのは、馬鹿正直に動く秒針のわずかな動きだけだった。

約束の時間はとっくに過ぎていた。

男は再びフロントガラスに視線を戻し、忌々し気に舌打ちした。組織における連絡員として、幾人かの【モグラ】と接してきたが、今から会うモグラの時間に対してルーズなところだけは、どうしても気に入らなかった。

時々こうしてなんの連絡もなく時間に遅れる。何度かその癖を直すよう注意したが、仕事の結果で挽回してくるので、指導のつもりの言葉が小言に変換されて空回りするのが癪に障るのだった。

車の後部座席のドアが唐突に開き、モグラが身を滑り込ませてきた。

「おや。意外に早いご到着のようで」

だが、モグラは男の皮肉など耳に届かなかったかのように、無言で後部座席に置いた封筒を手に取り、中からファイルを取り出した。男は再び舌打ちすると、このモグラの気に入らない点に、「不愛想」を追加することにした。

「今回はそのファイルにある『青葉』がターゲットだ。君の新しい身分証も用意しておいた。ファイルは車外への持ち出しはできない。頭に叩き込んでくれ」

男はバックミラー越しにモグラの様子を見ながら言った。モグラが封筒を逆さまにすると、中からスマホが滑り落ちてきた。

「連絡用だ。今回もう一人潜入するので、今後は組織やもう一人との連絡はそれを通じて行うようになる。組織に対しては緊急事態を除き、君からの接触は禁止する」

モグラは身分証とスマホを自分のカバンにしまい込むと、ファイルを手に取りじっくり読み込み始めた。車内にはモグラがファイルを手繰る微かな音と、衣擦れの音が聞こえるのみとなった。

男はその様子を見守っていたが、首筋に軽く重みを感じ、首を傾けて凝りをほぐした。とそのときだった。少し離れたところから、車のロックを外す音がしたので男は反射的にそちらに目をやった。外回りの営業風の男が足早に白のプリウスに乗り込むのが見えた。

この駐車場は公園の地下にあり、無料で使えるものの年季が入っているので設備は古く、開けた明るい公園とは対照的に薄暗く陰気だった。そのため、この男のような人目を避けたい人種には好都合の場所であった。おおかた、あのプリウスも営業中のサボタージュだろう、と男は思った。

男がプリウスから後部座席に目を戻すと、そこにいたはずのモグラの姿が忽然と消えていた。男は虚を突かれ、「えっ」と小さく叫んで固まった。封筒はまるで元から動いていなかったかのように、ファイルがきっちりしまわれて後部座席に置かれている。

男は思わずドアを開けてモグラの姿を探したが、薄暗い地下駐車場に人影はない。先ほどのプリウスが床を擦る音が聞こえ、それも遠くなると、天井の蛍光灯からわずかに響くジジ、という音以外は何も聞こえなくなった。

モグラは、まるで煙になって消えてしまったかのように姿を消した。男はしばらく呆気に取られていたが、胸ポケットのスマホの振動で我に返った。

「はい。ええ。たった今、依頼は完了しました。はい。すぐに戻ります」

男は再び車に乗り込み地下駐車場をあとにした。

◆

花はファクトリー5・0プロジェクトの生産管理チームリーダとして、業務を開始した。

花が担当する業務は、ユーザーテストで発生した不具合や改善要望についてリストアップし、修正方針を顧客と合意すること。そして、顧客と合意したとおりプログラムを修正し、その対応状況を管理することだった。

修正方針については、本郷のフォローもあって、顧客担当者とスムーズに交渉することができ、500件を超える改善要望リストから、ひとまず10件の修正を行うことを合意した。

顧客との交渉後、花はプログラムの修正を依頼するため、チームメンバーを集めて打ち合わせを開いた。

花のチームにはベテランプログラマの大森和馬《おおもりかずま》を筆頭に、5人のメンバーがいる。5人ともアイアン・ソリューションズの社員ではなく、別の協力会社から派遣されている技術者だ。

少数の社員が多くの協力会社のメンバーの力を借りて案件を進めるのは、システム開発ではよくあるプロジェクト体制である。多くの場合、社員が顧客との交渉を担い、協力会社の技術者が社員の指示を受けてプログラミングなどのシステム構築を進めるという役割分担になる。

技術的にも、広範囲をカバーしてさまざまなプロジェクトのマネジメントを行うアイアン・ソリューションズの社員に対して、その配下には、プロジェクトに特化した技術を持った協力会社のメンバーが集められる。

なかには10年以上もアイアン・ソリューションズの仕事を請け負っていて、若手社員よりも社内や顧客のことをよく知っているメンバーもいる。場合によっては自分の父親よりも年齢が上のメンバーに指示を出さなくてはならないことも多々あるのだ。

大森もその一人で、これまで青葉山河製作所向けのさまざまなプロジェクトに携わってきたベテランである。

また、花のチームのプログラマ、佐久間莉子《さくまりこ》は情報処理の専門学校出身で技術力も高く、花と同い年ではあるが、花よりも社会人経験が長い。

こういった協力会社の支援がプロジェクトには欠かせないのだった。

花は会議室の壁にかけられた大型ディスプレイに資料を投影して、説明を進める。

「今週からはこの工場生産ラインアプリケーションの修正を10件お願いします」

説明をひととおり聞いたあと、大森がディスプレイに投影されたリストをトントンと叩きながら花に尋ねた。

「この５４５番ですけど、具体的にどういうことですか」

「稼働中の産業ロボットの検索機能を追加したいということです」

「検索条件は？」

「えっと、生産情報とか製品情報とか？」

「とか？って。もうちょっと詳しく決めてこないと。作業の内容とかロボットの種類を管理するデータベースの構造も変わってきちゃうじゃないですか」

「すみません」

花は下を向いて謝った。

大森に続き、佐久間も早口だが凛とした口調で質問する。

「この560番ですが、以前に対応した350番の内容と矛盾しています。問題ないでしょうか」

「え？　そうなんですか」

「ほんとだな、こっちのデータベースの構造を直すと、顧客情報管理のプログラムにも影響してきちゃうよ」

問題に気づいていない花に、大森がリストを見ながら補足した。

「はあ、なるほど」

「しっかりしてくださいよ」

「すみません、確認します」

大森に苦言を呈され、花は再びうなだれた。

打ち合わせを終え、花はとぼとぼと席に戻った。大森たちはオフィスエリアを出ていき、リフレッシュルームへ行ったようだ。

確かに理解は甘かったかもしれないが、花なりに修正内容を検討して合意してきたつもりだった。なぜ皆、非協力的なのか、なぜ一緒に解決策を考えてくれないのか、花は先ほどの打ち合わせでの皆の冷たい視線を思い出し、どっと疲労感を覚えベルに呟いた。

「ベル、もう疲れちゃった」

〈一度落ち着いて頭の中を整理してみてはいかがでしょう〉

花は深呼吸をして周りを見た。花の机の周りは打ち合わせで使った資料やメモ、文房具や菓子袋が散乱していた。本当は毎日片づけてから帰らなくてはいけないのだが、着任後に一日も早くキャッチアップしようと、残業が許されている22時ぎりぎりまで仕事をしていて、ついついそのままにしていたのだ。花は不要な資料をシュレッダーにかけたり、必要なアイテムをケースにしまったり、と整理整頓を始めた。

◆

昼休みは席で昼食を取ることが多い花だが、今日はベルの勧めでフレッシュジュースを目当てに20階のカフェへとやってきた。

窓際のカウンターチェアに腰かける。サンドイッチに冷たいミックスベリーのジュースという簡単なランチだ。見晴らしのよい窓からはきれいな青空が見える。冷たいジュースを飲むと、少し気持ちが引き締まったように思えた。

カフェのカウンターではランチの注文が絶え間なく続き、中央のテーブルでは女性陣がお弁当を広げながら、おしゃべりを楽しんでいる。ほどよい雑音をBGMに、花はどうすればチームメンバーに依頼事項を理解してもらえるか考えていた。たくさんの改善要望をまとめてお客様と合意した内容だけに、なんとかうまく実現したかった。

そのとき、後ろから聞き覚えのある女性の声が耳に飛び込んできた。花の席の背後には広い空間を支えるための大きな柱があり、花が振り返っても姿は見えなかったが、佐久間と、佐久間と同じ協力会社から来ている別のプロジェクトのメンバーであることは間違いなかった。

「また今日も謎の指令が来たんですよ」

「例の新しく異動してきた人から？　ハナコだっけ？」

「そうハナコ。大森さんが『しっかりしてくださいよ』って言ってましたけど、ほんとなんにも考えてないいんですよ」

「大森さんも大変だね」

「ほんと、プログラミングする側のこと全然考えずに要件決めてきちゃうから」

「使えないいねー」

花はすぐに彼女たちが自分のことを話していることに気づいた。「ハナコ」とは花のことを蔑んでそう呼んでいるのだ。花は柱の陰に隠れるように背中を丸め、聞き耳を立てた。

「なんであんな人がチームリーダなんだか。私がやったほうがよっぽどうまくまとまりますよ」

「いいじゃん！　もう本郷さんに言って代えてもらえば？」

「できることならそうしたいですよね」

「あの人、机の上も散らかってるよね。いつも忙しそうにしてるし、あの様子だと彼氏もいないんじゃない？」

「わかんないですよ。意外と彼氏の写真、スマホの待ち受けにしてたりして」

「確かによくスマホ握りしめてなんか言ってるよね」

「言ってます！　あれ気持ち悪いですよね」

「今度さ、『彼氏の写真見せてください』って言ってみれば？」

「その勇気はないですよ。だって彼氏も絶対クズだもん。写真見ても『優しそうですね』とか『いい人そうですね』とかの定型文使えなさそう」

「じゃ『面白そうな人ですね』でいいじゃない」

「それウケますね！」

甲高い笑い声がカフェ全体に響き、一瞬周囲が静まり返った。彼女たちは恐縮して声のトーンを下げて会話を続ける。花は耳を塞ぎテーブルに突っ伏した。涙がこぼれそうになる。花は見つからないように柱の陰でそっと椅子から滑り降りて、足早にオフィスフロアへと戻った。

午後、本郷から進捗を聞かれた花は、顧客と要件のすり合わせはできたものの、それをチームメンバーに伝え、プログラムに落とし込む作業が難航していることを訴えた。

「私は要望を一つひとつ整理して、お客様と必要なものをピックアップしたのですが……」

「でも、それは内容が十分に整理できていないんじゃないかな。本当に必要としている要件から影響範囲を見極めて修正箇所を決めていかないと、プログラムに反映できないよ」

「設計が矛盾しているところはもう一度検討します」

「まずは要望をよく理解して、それから大森さんとも相談して」

「はい」

ここで頑張らないと本当にチームリーダから外されるかもしれない。花は詳細を改めて整理しようとしたが、先ほどの佐久間たちの笑い声が頭の中をこだまし、ただただ改善要望リストのページを捲るだけで、中身がまったく頭に入ってこないのだった。

◆

新しい部署に着任し、あっという間に3週間が過ぎ去った。花はことあるごとに背中に冷たい視線が突き刺さるのを感じつつ、なんとか自分の仕事をこなしていた。

その日は月に一度開催されている月次進捗報告会に参加するため、本郷とともに青葉山河製作所の本社へ向かった。月次進捗報告会とは、週次の定例会議とは別に、プロジェクト全体の意思決定に関係するマネジメント層で開催する会議である。

行きのタクシーの中で、花は本郷に問いかけた。

「あの、私、初めてのお客様訪問なのですが、大丈夫でしょうか?」

本郷は気軽な様子で花に答える。

「大丈夫。橋本さんが議事録係ということは先方にも伝えてあるし。むしろ、早めにプロジェクトのキーマンの顔を見知っておけるという意味ではいいと思うよ」

「そう……ですね」

これまで月次進捗報告会の議事録は前任のチームリーダが担当していたが、後任の花が引き継ぐことになったのだ。

不安と緊張を抱えたままの花を乗せたタクシーは大手町の一角にそびえる30階建てのビルの少し手前に到着した。

「ベル、私、うまく乗り切れるかな」

タクシーを降り、花がスマホに問いかけながらビルへと歩いていたそのとき、「危ない!」という声がしたかと思うと、肩に衝撃が走り、花は大きくよろめいた。

「大丈夫ですか。あの人がぶつかったんですよ」

声の主が指さすほうを振り返ると、流行りのフードデリバリーサービスの自転車が遠のいていくのが見えた。花は自分がぼんやりしていたのが悪かったのだろう、と思った。

「あれ、ベル？」

手に持っていたはずのスマホが見当たらず、花があたりを見回していると「スマホ、ここに落ちてますよ」と続けて声をかけられた。

花はスマホを受け取りながら「すみません」と頭を下げた。顔を上げると、目の前にいたのは清潔感のあるスーツ姿の若い男性だった。腕に八角形の高級時計を身につけている。ふわりと下ろした前髪が甘いマスクを引き立てていて、「香理奈だったら放っておかないタイプだな」と花は思った。

「橋本さん、おまたせ」

タクシーで料金を支払っていた本郷が追いついた。花が自転車にぶつかったことには気づいていないようだ。

「ああ、本郷さん。さっきこの方が……って、あれ？」

花が本郷に一瞬気を向けた隙に、先ほどの男性はいなくなってしまっていた。

「行くよ、橋本さん」

花は「はい」と頷いて本郷のあとを追ったが、先ほどの男性にお礼を言っていなかったことを思い出し、なんとなく後ろ髪を引かれる思いだった。

◆

花たちが通された会議室には、こげ茶色のカーペットに大きな長机が置かれ、黒のしっかりとした背もたれのある椅子が向かい合わせに4脚ずつ配置されていた。一方の壁には大きなディスプレイが設置され、もう一方の壁際のチェストには、青葉山河製作所の企業理念を記したプレートや製品を紹介するパンフレット、受賞したトロフィーなどが展示されている。

花がチェストに飾られた品々を興味深く見ていると、青葉山河製作所のマネジメント層の二人、技術本部長の高島誠一郎《たかしませいいちろう》と、情報システム部長の加賀谷敏郎《かがやとしろう》が入ってきた。

高島が快活そのものの笑顔を浮かべつつ言った。

「お待たせしました。本日はよろしくお願いします。今日はもう一人新任のメンバーが参りますので、のちほどご紹介をさせてください」

高島の挨拶に、本郷が答えた。

「承知いたしました。実は今回当社側も、新規に着任したエンジニアがおりますので、ご挨拶をさせていただければと……」

本郷はそう言うと、花のほうを見た。意図を察して頷いた花はすっと前へ進み、新しい部署の名称が入った名刺を二人と交換した。背が高く穏やかそうな表情をしており、ワイシャツの袖口に上品なカフスボタンを付けているのが高島。オールバックで背は低く、派手なネクタイをしているのが加賀谷だ。

花が名刺交換を終えたちょうどそのとき、会議室のドアが開いた。駆け足で来たのだろうか、その男性は軽く息を切らしている。

「遅れてすみません」

「ああ、岩田くんもアイアン社さんにご挨拶を」

「はい。今回、このプロジェクトに着任した岩田直人《いわたなおと》と申します。よろしくお願いします。あれ？あなたは先ほどの……」

「あ！」

高島に促され挨拶したのは、先ほど花にスマホを拾ってくれた男性だった。あの男性は青葉山河製作所の、しかも花のプロジェクトの担当だったのだ。「なんてラッキーなんだろう。さっきはベルの答えが聞けなかったけど、きっと〈思ったよりもいい方向に進みます〉なんてアドバイスしてくれたのかもしれない」と花はこの新しい出会いに期待を抱いた。

会議の前半は、所定の報告用資料をベースとした内容である。資料は事前に送付済みで、細かい部分の質疑以外、会議は穏やかに進んだ。

だが、後半に差しかかり、スケジュールの見直しについての議題になると、雰囲気は一変した。

「以上の点から、これまでに現場からいただいている変更要望に対処しないと、工場の業務に支障をきたす懸念があります。当社といたしましては、これらの対処に要する工数・期間を踏まえ、本プロジェクトのスケジュールの見直しをご検討いただきたいと考えております」

本郷の説明ののち、会議室には気まずい沈黙が訪れた。高島の顔から微笑が消え、加賀谷の表情があからさまに曇った。

沈黙を破ったのは高島だ。

「これだけの変更要望が今になって出てきたのはなぜでしょう。本来であればもっと早い段階で気づけた要望もあるのでは？」

加賀谷も続く。

「いくら試験的な取り組みとはいえ、製造業全体はもちろん、国家が注目しているプロジェクトなんですよ。やはりアイアン社さんには荷が重いですかね。どうなんですか」

最後は声を荒らげる。このファクトリー5・0は国家戦略に関わる事業のため、政府管轄の組織である国家戦略室がプロジェクトを成功に導くよう管理している。お上が目を光らせていることもあり、青葉山河製作所としても失敗は許されないと考えているのだ。

詰め寄られた本郷に助け舟を出すように、高島が口を開く。

「……とはいえ、現場を置き去りにしたまま導入を進めるわけにもいかないでしょう。業界へのお披露目会は少し遅らせるのもやむを得ないですが、アイアン社さんが想定するスケジュールはいつまでですか」

「来年のゴールデンウィークです」

本郷が神妙な面持ちで言いにくそうに答えた。

「3カ月以上も遅らせる気か！」

加賀谷は机を拳で叩いた。ダンッという大きな音と机から伝わる衝撃に、花は身をビクッとさせた。

高島は硬い表情ながらも、冷静に話を進める。

「納期を遅らせるとなると、このプロジェクトを管轄している国家戦略室への説明も必要になります。スケジュールの根拠を教えてください」

「年末までに設計の見直しを行い、単体テスト、ユーザーテストを実施すると、3月末になります。さすがに年度末に切り替えは難しいですし、ユーザーテストの期間を十分に取ると、システムを停止して切り替えることができるのは、その次の連休、つまりゴールデンウィークとなります」

「それだと本当に間に合うのですか」

「現時点の想定では、ギリギリで死守できると考えています」

「わかりました。概算でよいのでリスケをした場合の見積もりをいただけますか。当社内で一度協議して、早々にご回答差し上げます」

「承知いたしました。本日お配りした資料に、概算でのお見積もりを添付しておりますので、ご確認いただけますでしょうか」

高島からのリクエストを見越した本郷は事前に見積もりを用意していたのだ。スケジュール変更の根拠をしっかりと示すのは当然だが、見積もりまで事前に上長の許可を取って準備するとは、「さすが本郷さん」と花は上司の手腕に感嘆した。

高島は添付されていた資料を軽く確認する。

「わかりました。それではこちらを参考にして検討結果をお伝えします」

「かしこまりました。ご不明な点がありましたら、なんなりとお問い合わせください」

本郷が頭を下げたので、花もそれに続いた。

「まったく、高島さんはアイアン社さんに甘いんだから」

加賀谷が席を立ちながら、吐き捨てるように呟いた。

数日後、青葉山河製作所からアイアン・ソリューションズへシステムリリースを延伸することを許可する旨が通知され、プロジェクトのスケジュールの見直しが正式に決まった。

花は今回の延伸決定に安堵感を覚えていた。日々挙がってくる不具合や改善要望の件数が多すぎて、リストアップしたものの対応状況を追い切れていなかったり、修正されたプログラムに対する確認テストまで手が回らなかったりと、パンク寸前の状況となっていたのである。延伸決定により、対応のための時間的猶予ができたことは、花にとってはありがたいことだった。しかし、再度の延伸は許されず、もうこれ以上あとがない、というプレッシャーも同時に感じられた。

工場を丸ごと自動化する、という華々しいシステムを作り上げるには、自動化とはほど遠く地道で泥臭い作業が続く、ということを花は身をもって感じるのだった。

◆

連絡員の男が、机の上に置かれたレコード盤を思い起こさせる円盤状の装置の縁に指を触れると、蜂の羽音のような起動音がして、人間の上半身の鮮明なホログラム画像が円盤の上に浮かび上がった。

【定期報告を頼む】

ホログラム画像の口の動きに合わせ、装置のスピーカーから音声が聞こえてくる。

「はい。二名のモグラは引き続き青葉山河製作所にてファクトリー5・0プロジェクトに潜入中。表側の動きとしてシステム構築を継続実行中です。スケジュールがかなり後ろ倒しになりましたが、大きな技術的問題は発生していないとのことです」

【よろしい。裏側の動きはどうなっている?】

ホログラムの男は、手元のタブレット端末で連絡員が事前に送付した報告用資料に目を通しつつ言った。

「順調です。アジトの立ち上げは完了。つい先日例のものも到着し、稼働を開始しています」

【例のもの……『ティンダロス』か。今回はかなり人員を絞った作戦になる。活用してくれとモグ

ラに伝えておいてくれ】

「かしこまりました」

連絡員の男は軽く頭を下げながら、ティンダロスが頭をよぎり、うすら寒くなった。その目的がモグラのサポートだけではないことを知っていたからだった。いざというときにあれは……。連絡員の男の思考は、ホログラムの男の言葉で遮られた。

【報告資料にはざっと目を通した。スケジュールの変更によってこちらの計画にも修正が必要なようだ。追って変更後の計画について伝える】

「あの、少しよろしいでしょうか」

連絡員の男は、突然自分の口から飛び出してきた言葉に自分でも驚いた。

ホログラムの男はこちらに指を伸ばして装置の通信をオフにしようとしていたようだが、連絡員の言葉に動きを止めた。

【どうした。まだ何かあるのか】

連絡員は言葉を継ぐべきかどうか躊躇し、少し乾いた唇を湿らせた。組織の不文律として、余計な詮索は無用ということは理解していたが、ずっと胸につかえている疑問を解消したかったのだ。

「すみません。モグラへの連絡と管理を受け持つ身として、ご指示の目的や意味をきちんと把握しておきたく、いくつか質問にお答えいただけませんでしょうか」

一気に言って恐る恐るホログラムの男の表情をうかがうと、案の定腕組みをして眉をひそめた。

【組織全体のリスク管理上、各構成員には然るべき役割と、その役割に応じた適切な情報共有の範囲が定められている。君には連絡員として知るべき範囲の情報は渡している】

「はい。心得ております」

【……だが、自らの役割を全うしようという君のその姿勢、嫌いではない。質問の内容によっては答えてあげられなくもない】

連絡員の男は強張らせた身を少し弛緩させた。

「ありがとうございます。では、そもそもこのファクトリー5・0ですが、なぜこのプロジェクトが我々のターゲットに選ばれたのでしょうか。このプロジェクトは工場における製造から流通までの工程を自動化するものと理解しています。『シンギュラリティの阻止』という我々の目的と照らし合わせ、なぜこのプロジェクトをターゲットにするのか納得できていないのです」

ホログラムの男が値踏みするような鋭い視線を向けてきたので、連絡員の男はぐっと拳を握りしめた。

【我々の目的に対する理解が少し不十分なようだな。我々はシンギュラリティ、つまり人工知能が人間を超える特異点以降、人工知能が社会の実権を掌握し、人類に牙をむく可能性を潰すことを目的にしている】

「……はい」

【ファクトリー5・0は、原料の調達、工場における製造工程、製造した製品の流通に至るまでを自動化し、ＡＩがそれらすべてを管理するものだ。人間社会を人体に例えた場合、工場はいわば血液を製造する骨盤の造血組織であり、工業製品の流通網は……】

「心臓や血管などの循環器系、でしょうか」

【そうだ。仮にこの造血組織や循環器系を人工知能が掌握した状態で、その人工知能が人間を超えて反乱した場合どうなる】

「致命的ですね」

【そうだ。ファクトリー５・０。確かに短期的には人間に利益をもたらすだろう。特に人口減が問題となっている日本ではね。しかし、シンギュラリティを境にメリットが一転、致命的な重症になりかねない。だから我々は芽を摘むのだ。種のうちに】

　連絡員の男は、合点がいったとばかりに頷いた。

「ファクトリー５・０を狙う理由はわかりました。そのなかでも青葉の件がターゲットになるのは、やはり国家戦略室が介入しているからなのでしょうか」

　ホログラムの男はしばし考えてから言った。

【国家戦略室案件。半分当たりと言っておこう。もう半分の答えは現時点では君には言うことができない。そのときが来たら説明しよう】

「ご配慮ありがとうございます。最後に一つ。モグラは現在、ファクトリー５・０の成功に向けて表向き活動しています。我々の目的がシンギュラリティ到来後の悲観シナリオの回避、すなわちファクトリー5・0による製造・流通網への人工知能の介入の阻止だとすれば、早急にモグラにこのプロジェクトへの破壊活動開始を命じる必要があるのではないでしょうか」

連絡員の言葉に、ホログラムの男は意味ありげにほほえんだ。

【君の言い分にも一理ある。だが、組織幹部はもっと俯瞰的に、もっと先見的な視点で見ている。行動を起こす適切なタイミングと場所を見極めているとだけ言っておこう】

「適切なタイミング……それはいつなのでしょうか？」

連絡員はここぞとばかりに詰め寄ったが、ホログラムの男は会話を打ち切るように手を横に振った。

【現時点で伝えられるのはここまでだ。あとはまた時期をみて話そう】

連絡員の男はなおも食い下がろうと口を開きかけたが、プツッという小さな音とともにホログラムの画像が消えた。

連絡員は肩を竦め、ため息をつくと、おもむろに立ち上がった。

◆

「おい！　誰か青葉の作業をしている人はいないか」

いつもは静かな22階のオフィスにいきなり緊迫感のある声が響き渡った。フロア中のメンバーが声のほうを見た。青葉山河製作所のシステム運用保守を担当している小向英樹《こむかいひでき》である。普段は別のフロアで勤務しているが、階段を上ってきたのだろうか、息を切らしている。

「さっき青葉さんから電話があって、生産管理システムの本番データが見えなくなったと言ってきた。俺たちのほうでは今日は本番機での作業をしていないし、調べてみたらこのフロアの端末からデータベースの削除コマンドが発行されていた。このIPアドレスは誰のものだ」

小向がメモを差し出す。プロジェクトのメンバーはぞろぞろと小向の周りに集まってきた。上原が駆け寄ってそのメモを受け取り、サーバに格納した開発PCの台帳と照合する。

「花ちゃん、何か作業した?」

「え?」

いきなり自分に矛先を向けられ、花は心臓が口から飛び出そうになった。

「このIPアドレスは花ちゃんのPCのようだけど」

「私、テストデータの内容を確認してましたけど、本番機のデータは……」

花は今朝から実施していた自分の作業を思い出す。

「本番機のデータを見て、テスト機のデータを削除して、テスト機にデータを入れて。そういえば、テスト機のデータを入れたときに重複でエラーになったデータがあったような……」

「テスト機と間違えて、本番機のデータを削除したりしていない?」

「えっ?　まさか、そんな……」

上原の指摘に慌てて自分のＰＣを開いた。ログインパスワードを打ち込む指が震え、何度もやり直す。なんとかログインすると、操作ログを確認する画面を開いた。徐々にページを進めていき、削除コマンドを発行したときのログを見付ける。アクセス先を確認した途端、花の血の気が引いた。削除コマンドは本番機に対して実行されていた。

「……ごめんなさい」

花は消え入るような声で呟いた。

「どうなの？」

小向が詰め寄る。

「本番機のデータを削除してしまったみたいです。ごめんなさい」

「バックアップは取っていないのか」

「はい、削除するつもりはなかったのでバックアップは取っていません」

「なんてことだ」

そこへ、上原に呼ばれ会議を中断してきた本郷が小向の前に駆け寄った。

「このたびは申し訳ありません」

「青葉さんへの対応はプロジェクト側でしっかりやってくれ。こちらはこれから復旧作業にあたる」

小向はそれだけ言うときびすを返し、それを機にフロアがざわつき始めた。周りのメンバーは痛々しい表情で花のほうを見る。花は自分のしでかしたことの大きさを痛感しつつも、何も言えずに茫然と立ち尽くしていた。

「大丈夫？」

上原が声をかけるが、花の耳には届かない。

「私、行ってきます！」

花は突然そう叫ぶと、フロアを飛び出した。


運用保守チームのフロアに戻った小向は、周囲に声をかけた。

「ファクトリー5・0プロジェクトでデータを削除してしまったらしい。起きてしまったことは仕方ない。これから復旧作業を始めるから協力してほしい」

青葉山河製作所の運用保守をしているメンバーが小向の周囲に集まってきた。

運用保守チームというのは面白いもので、集まってきたメンバーは皆、目を輝かせている。こういう非常事態が起こると、なぜか俄然やる気を出すのである。火事の知らせを聞いた消防士みたいなものかもしれない。

「根気のいる作業だが、二人一組で確認しながら慎重にデータの再登録をやっていこう。これからお客様に作業の承認を得る。それまで準備を進めておいてくれ。今日は徹夜になる」

ちょうど小向がメンバーに指示を出したとき、花は運用保守チームのフロアにやってきた。自分のミスで他部署の人たちに迷惑をかけている、一緒に復旧作業を手伝わなければ、と思ったのだ。

運用保守チームのフロアに入るにはセキュリティ認証が必要だ。花は入り口にいた男性に、入室させてほしいと伝えた。

「無理だと思うけどな」

男性はそう言いながら入り口のドアを開けて小向のほうを見た。花の位置からも小向が見える。

「入れてもいいですか」

男性が声をかけると、小向は首を振り「帰れ」と言わんばかりに追い払う仕草をした。

「今、障害対応中でだめみたいです」

「そうですよね、ありがとうございます」

花は自分の無力さを痛感した。

席に戻ったものの、花はさっぱり仕事が手につかなかった。小向たち運用保守チームが復旧にあたるなか、本郷は営業と一緒に高島と加賀谷のもとへ謝罪に向かっていた。チームメンバーの大森や佐久間は花に話しかけることもなく、黙々と作業を進めている。

就業時間終了の社内放送が流れると花はいたたまれなくなり家路についた。駅までの道のりを行きかう人々とすれ違いながら、なぜあんなことをしてしまったのだろう、なぜもっと慎重に確認してやらなかったのだろう、と後悔ばかりが心を占める。

歩きながら、朝からの自分の作業を思い返す。

「今日はテスト用のデータを作成しようと本番機のデータを確認していた。本番機のデータを見て使えそうなデータがあったらそれをテスト機に入れる。テスト機にデータを入れるときにはテストデータ一覧に追加して、テスト機のデータをいったん削除してから、データを入れ直す。テスト機のデータを削除するにはスクリプトを実行する」

そこで花は疑問を感じた。

「あれ？　私、本番機かテスト機かを指示していない。スクリプトを実行するだけだった。あのスクリプトは大森さんがこれを使ってと教えてくれたものだ。大森さんが間違えたってこと？」

「いやいや、私が大森さんから聞いたのと違うスクリプトを実行してしまったに違いない。結局は自分のミスだ。でも、大森さんがちゃんと教えてくれていれば……。そういえば佐久間さん、私のこと嫌っていたような。佐久間さんが何か仕掛けたのかな」

花は何がなんだかわからなくなってしまった。

◆

翌日、花が出社すると障害は復旧していた。結局、花がテスト機で実行すべきスクリプトを誤って本番機で実行していたことが原因だった。構築作業による障害ということで、本郷が顧客向けの報告書の作成や、二度とこのようなことが起きないようにするための恒久対策の検討に奔走した。

数日して、花は小向が異動になったことを耳にした。恐らく先日の障害の責任を取らされて異動になったのだろう、いや、異動という名の左遷だ、と花は推測した。自分のせいで小向が左遷になったと思うと、花はいたたまれない気持ちになった。花は運用保守チームのフロアに向かい、「小向に謝りたいので入れてほしい」とお願いしたが、小向はすでにこのビルにはいないとのことだった。

私はなんてことをしてしまったのだろう、と花の思考はぐるぐると回り始めた。

席に戻ると本郷が花のことを待ち構えていたが、本郷が口を開くより前に、花から話を切り出した。

「本郷さん、先日の障害ですが……」

「ああ、小向さんの迅速な対応と的確な指示のおかげでその日のうちにサービス復旧できてよかったよ。もっと時間がかかるかと思ったけど、さすがの判断と統率力だね」

「でも、私のせいで……」

「過ぎたことは仕方ない。お客様も『今回は小向さんの顔に免じて』と許してくださっている。長年の運用で積み上げた信頼をこれ以上失わないよう、僕たちはプロジェクトの成功に力を注ごう」

花は「はい」と返事をしたものの、小向がそこまで優秀で人望があるとは知らなかったため、驚くと同時に申し訳ない気持ちがさらに膨らんでいった。

「ところで橋本さん、改善要望のプログラムへの反映、進んでないよね」

「メンバーには修正方針を伝えているのですが、全然言うことを聞いてくれなくて」

「大森さんたちのほうが青葉のシステムにも技術的にも詳しい部分もあるから、よく認識合わせをしないとね。実は橋本さんの指示がわかりづらい、という声もあるんだ」

一生懸命やっているのにちっとも認められていないことに、そしてチームのメンバーはそれを自分ではなく本郷に伝えていることに、花は傷付いた。

「プログラムの改修を進めるためには、前も言ったとおり、改善要望の内容をきちんと理解しないといけない」

「それは今やっていますが」

泣き出しそうになりながらそう言う花の言葉を遮り、本郷が続けた。

「ということで、来週から出張してヒアリングしてきてほしい」

「出張？　仙台工場に、ですか」

「そう」

工場の現場担当者から寄せられた改善要望は文章で表現されているため、そこに込められた意図を読み取りづらいものも多い。そこで、その意図を確認するために、工場に直接ヒアリングに行く必要がある、というのだ。

「一人ひとりにヒアリングするのも大事だけれど、現場のキーマンとの関係を築いておくのも大事だよ。似たような要望をまとめるときに、そういう人に協力してもらえると話を進めやすいからね」

「そのキーマンって誰ですか」

「谷川さんだよ。工場長って言えばわかるから」

「本郷さんは、その、谷川さんと面識があったりしますか」

「あるにはあるんだけど……まぁ、百聞は一見に如かず。アポは僕が取っておくから、このあたりから1週間くらい、どう？」

キーマンについては詳細を濁しつつ、本郷はカレンダーを見せながら日程の調整に移った。

現場でまったく面識のない人にいきなりヒアリングなんてできるだろうか。自分に課せられた役割を全うできるかという不安、メンバーとなかなか理解し合えないもどかしさ、小向への後ろめたさ。モヤモヤしたさまざまな思いを無理矢理心の中に押し込めるかのように、花は仙台行きの荷物をスーツケースに詰め込んだ。

◆

「またお待ちしてますよ」

取って付けたような作り笑顔を張り付けた黒服の男が、うやうやしく頭を下げた。

モグラは内心怒りで煮えたぎらんばかりだったが、努めて冷静を装い、頭を下げる黒服の前を何も言わず通り過ぎ、ドアの手前に据え置かれた鍵付きロッカーから自分のカバンを取り出した。

ドアを開ける。高層マンションの最上階から見える極上の夜景は、今日はほろ苦かった。

カバンからスマホを取り出す。着信が10件以上あったので、モグラはため息をついて頭を振った。すぐにでも返信しなければいけないことはわかっていたが、一方でどうしても折り返す気になれなかった。

静まり返った廊下を通り過ぎ、空っぽのエレベータで1階に向かう。エントランスで、モデルのような美女二人を両脇にはべらせた、いかにも羽振りのよさそうな色黒の男とすれ違った。モグラは三人のきつい香水の香りに思わず顔をしかめた。

オートロックを通り過ぎてマンション入り口の階段を降りると、通りの向こうに止めてあったセダンから連絡員の男が姿を現した。モグラはうんざりした顔を隠そうともせず言った。

「なんだ。あんたか」

連絡員はニコリともせず、アゴで車を指した。

「乗れ。送ってやる」

モグラは肩を竦めた。

「いや。今日はやめておくよ。夜風に当たりたい気分なんでね」

「……まだ足を洗えないのか。立派なギャンブル中毒だな」

「余計なお世話だよ。あんたに私生活まで干渉されたくない。それに、中毒じゃない。欲望はコントロールできてる」

モグラの言葉に、連絡員はふっと鼻で笑った。

「コントロール、か。笑わせる。組織から前借りした報酬を使い込んで言えるセリフじゃない。君は立派なギャンブルジャンキーだよ。それも負け犬の」

負け犬、という連絡員の言葉が癇に障ったのか、モグラは連絡員の胸倉をつかんで車に押し付けた。

「おい。そこまでにしとけ。今日は虫の居所が悪いんでな」

「虫の居所ってのはここかい？」

モグラの脇腹を鋭いものが突くので目をやると、連絡員の手に光るナイフが見えた。

ちっと舌打ちしてモグラは手を離した。連絡員は素早い動きでナイフをしまうと、曲がったネクタイを落ち着いた様子で直した。

「お前たちモグラの監視も俺たち連絡員の仕事の一つなんでな。おせっかいかもしれんが、まあ許せ」

モグラは連絡員を睨み付けながら言った。

「それで、なんの用だ」

「アジトが立ち上がってしばらくになる。そろそろ様子を見に行ってもらいたい」

「様子を見に？　それはもう一人のほうに……」

「彼は今動けない。君もわかっているはずだ」

連絡員はぴしゃりと叩き付けるようにモグラの言葉を制した。

「……俺は雑用係ってことか。まあいいだろう。負け犬の俺にふさわしい役目だ」

「そうは言っていない。人には能力や状況に応じた役割があるということだ」

モグラはため息をついて、車のドアに手をかけた。

「わかったよ。俺は負け犬であり、組織の犬だよ。その代わり、気が変わった。家まで送っていってもらおう」

モグラは言い終わるとドアを開けて車に乗り込んだ。

連絡員も、「喜んで」と言ってモグラに続き、二人を乗せたセダンは夜の闇に溶け込んでいった。

◆

青葉山河製作所の仙台工場は東北新幹線を仙台駅で降りて、在来線で20分ほどかかる最寄駅から、さらにバスまたはタクシーで15分ほどの工業団地にあった。よくいえばのどかな、悪くいえば何もない場所である。

花は地方都市の喧噪から遠ざかるにつれて寂しくなっていく風景を眺めながら、物思いに耽っていた。都会の生活に憧れて上京し、テレビで見たスマートアイランド実験に触発されてシステム開発の会社に就職したが、なぜか東北地方の工場のシステムを担当することになった。それ自体は別に嫌ではないが、一人で未経験の領域に踏み込んでいくこと、自分一人に大きな責任がかかっているということに漠然とした不安を感じていた。

タクシーに乗り込んだ花は東京で買った土産の紙袋を持っていた。何を買っていけばよいかＡＩアシスタントのベルに聞いて勧められた、虎ノ門オフィスの近くにある有名な店の豆大福であった。本当に豆大福なんかでよかったのだろうかと気がかりだったが、「ベルが言うんだからきっと大丈夫だよね」とぼんやり考えているうちに仙台工場の正門が見えてきた。社名変更によって掛け替えられたばかりなのだろう。青葉山河製作所という社名の看板が真新しい。タクシーを降りて、門の横の受付で手続きをする。

事務所は門からそれほど遠くない場所にあるので歩いて向かった。門から入って正面に見える工場の建屋は恐らく最近建て替えたのだろう。真新しい白い外壁が輝いている。右側の塀の向こうには鳥居が見える。工場の敷地の隣に神社があるようだ。

門から5分ほど歩くと、目的の事務所の建物に辿り着いた。常緑樹に隠れて正門からは見えなかったが、先ほどの建屋の新しさとはうって変わってコンクリートの外壁にツタが絡まり、歴史を感じさせる趣のある建物だった。

中に入ってすぐのところに工場で製造している製品のサンプルや写真が展示され、ショールームのようになっていた。横に受付があり、奥に座っている女性に声をかける。

「すみません、谷川工場長にお約束をいただいているのですが」

あらかじめ本郷がアポを取ってくれているはずだった。女性が受付に置かれた予定表を確認し、

「2階の203会議室にお願いします。そこの階段を上って左のほうになります」と案内してくれた。

会議室は20名ほどの会議ができる広さで、中にはまだ誰もいなかった。花が入り口近くの椅子に荷物を置き、谷川が来るのを待っていると、次第に会議室に人が集まり始めた。

花を除いて7人。ほとんどは中年男性で、そのなかに一人だけ女性がいた。30代後半で、優しそうな表情をしている。一人だけとはいえ女性がいたことに花は安堵を覚えた。

メンバーが集まったところで名刺を交換した。なかでも一番の強面が本郷の言っていたキーマンの谷川茂《たにがわしげる》だった。薄いグレーの作業服がよく似合っているが、薄くなった頭と無造作に伸びたあごひげ、厳つい顔つきが指名手配のポスターに載った凶悪犯のようだ、と花は思った。谷川と名刺交換するときには、花は怖くて顔を直視できなかった。優しそうな女性は山口智美《やまぐちともみ》という名前だった。スタイルがよく、皆と同じ作業服をおしゃれに着こなしている。全員と名刺交換を終え席に着くと、花は恐る恐る切り出した。

「お忙しいところお時間をいただきましてありがとうございます。このたびは御社の新生産管理システムの開発に寄せられた改善要望について詳しくお聞きし、システム設計を見直すために参りました。よろしくお願いいたします」

それを聞いた谷川が口を開く。

「今回の新システムは最初っから俺たちの要望を聞いちゃくれなかったし、このままのシステムでは工場の操業なんかできっこない。いったいあんたらはこの工場をどうするつもりだ」

いきなりのカウンターパンチに花は怯んだ。内心「私にそんなこと言われても……」と思いながら、勇気を振り絞って谷川に答える。

「申し訳ありません。先月着任したばかりで当初の基本設計時のいきさつを知らないのですが、本社中心に進められてきたことで工場の実態とは合っていない部分が多くなってしまっているようです。改めて皆さんにお話をお聞きして、なんとかよいシステムにしたいという思いでやってきました」

「あんたみたいな東京からきたお嬢さんに、いったい何ができるってんだ？　そういやあ本郷はどうしたんだ。お宅のプロジェクトの責任者は本郷だよな。どうして本郷が来ないんだ」

谷川が噛み付く。

「だいたいシステムってやつは嫌いなんだよ。ついこの間も生産管理システムが止まって大変だったんだ。そのせいで工場も止まっちまうし。昔はシステムなんてなくっても工場は生産できたんだがな」

それを聞いて花は泣きそうになった。谷川が怖かったことはもちろんなのだが、加えて自分の作業ミスでデータが削除され、システムが停止した。その影響を受けた人がここにいる。当たり前のことではあるが、システムが停止することで損害を被る人がいるんだという事実を花は痛感した。自分のせいだなんてとても言えなかった。

谷川は花の表情を見て、少し言いすぎたと思ったのか、取り繕うように言った。

「まあ、あれだな。それは済んだことだからいい。お前さんにそんなこと言ってもしょうがねえしな。とりあえず話を聞こうじゃねぇか」

花は逃げ出したい気持ちでいっぱいだったが、なんとか気を取り直して話を続ける。

「すみません。では、進め方を説明します。ここに皆さんからいただいた改善要望の中から詳細を確認したい項目が76件あります。記入していただいた方に実際の画面を見ながら1件ずつ詳しく教えていただき、対応が可能かどうかの検討をして、システムの設計に反映させたいと思います」

「かなり時間がかかりそうだな」

谷川が反応する。とはいえ花もこれを成し遂げることが自分のミッションなので終わるまでは帰れない。

「はい。すみませんがご協力よろしくお願いします」

それを聞いた谷川が先ほどのことをまだ悪いと思っているのか「しょうがねえなあ。付き合ってやろうじゃねえか」と答えたのがスタートの合図になった。

「ありがとうございます。ではリストの順番に確認させていただきます。まずは……」

花がリストを確認すると、そこにはよりによって谷川の名前があった。花が重苦しい気持ちでリストを眺めていると、同じリストを見ていた谷川が言った。

「俺だな」

「……そうですね、それではお願いします。ほかの方は順番が来たらお呼びしますので、お仕事を続けてください。谷川さんだけ残っていただければけっこうです」

谷川以外のメンバーが自身の持ち場に戻っていくのを見ながら、花は持ってきたお土産のことを思い出した。

「谷川さん、あのこれ、皆さんで召し上がってください」

谷川は「どうも」と素っ気なく言うと、中身も見ずにそのまま、席を立とうとしていた山口に渡した。喜んでもらえそうなお土産を選んで買ってきた花は「ベルの選択も外れることもあるのか」と思ったが、紙袋を受け取った山口が袋の中をのぞき込み、「あっ、豆大福。このお店有名だよね。私これ大好き。あとでみんなでいただくね」と言うのを聞いて、心の中でベルに謝った。

山口は会議室を出るときに花に近付くと耳元で「工場長は見た目は怖いけど、悪い人じゃないよ。頑張ってね」と囁いた。花は救われた気がして頭を下げた。

「で、どうすればいい？」

谷川が少し緊張気味に聞く。広い会議室に二人だけとなり、最初は威勢がよかったが、意外と気の小さな男なのかもしれない、と花は推測した。

花はさっき交換した名刺を眺めながら、気になっていたことを聞いた。

「つかぬことをお尋ねしますが、谷川さんは工場長だとお聞きしていました。でもこの名刺には生産技術室長と書いてあるのですが、どちらが正しいのでしょうか」

「ああ、そのことか。俺の役職は名刺のとおりだよ。でも、なぜかみんな工場長って呼ぶんだ。

困ったもんだ」

花は谷川の風貌と態度が皆に工場長と呼ばせているのだと理解した。

「そんなことはいいから早く始めてくれ。俺も仕事に戻らなきゃならないんだから」

「はい、すみません。まずこの改善要望の1番ですが、入力画面の項目の並び順が今と違って入力しにくいと記載されています。今はどの画面で作業しているか、何かを見ながら作業しているのか、どういう並び順なら使いやすいか、を聞かせてもらえますか」

「うーん、そうだな、それは……」

谷川は一生懸命に説明してくれるが、花には半分も理解できない。工場の専門用語が頻繁に出てくるうえに、自分が今利用しているシステムと比較して、新システムに対する要望を伝えてくるからだ。花は現行のシステムを知らないので、「受注顧客情報画面みたいにしてほしい」と言われても、それがどのシステムのどの画面を指しているのか、どのボタンを押して指示しているのか、という基本的な点から確認が必要になるので、どうしても時間がかかってしまう。

今と同じにしてほしい、という言葉は常套句である。

現場担当者は気軽にこの言葉を使うが、システムを新しく作るSEにとっては、「当然今と同じになるわけはない」というのが正直な気持ちだ。今のシステムがどうなっているのかを理解し、新しいシステムで同じことができるようにするには、どうすればよいかを検討しなくてはならない。そのための確認をしているうちに、時間はすぐに過ぎてしまう。

谷川に対しても、「出荷情報画面というのはどういう画面ですか」「生産情報の取り込みというのはどういう意味ですか」といちいち聞いているのでなかなか進まない。谷川もとうとう業を煮やして、「勘弁してくれよ、俺も暇じゃないんだよ。もう少し効率的にやってくれないと困るんだけど」と少しきつい口調で言う。

「すみません……」

花は返す言葉がなかった。

結局、その日の午後に確認できたのは5件分だけだった。花はもともと1週間程度で終わらせるつもりで来ていたが、それだけではとうてい無理だ。本郷に電話し、「改善要望の詳細が確認できるまで仙台でヒアリングを続けます。恐らく3週間はかかります」と伝えた。花は本郷にそう言えば誰か応援をよこしてくれるだろうと期待した。まさか着任間もない自分が一人で3週間も出張することにはならないだろうと思ったのだ。しかし、本郷は「了解。こちらは僕が見ておくから、頑張って」と言っただけだった。花はなんだか突き放された感じがして、がくりと肩を落とした。

◆

「おはようございます」

翌日の水曜日。朝から工場の事務所に出勤した花は、「効率的にやってくれないと困る」と谷川に言われたことがずっと気になっていた。いくら考えても、どうしても時間がかかってしまうのだ。それもあって挨拶も遠慮がちになってしまった。当然、挨拶を返してくれる人もいなかった。ただ一人、女性の山口だけが「おはよう」と笑顔で挨拶を返してくれた。

花は昨日に引き続き改善要望リストの確認作業に取りかかった。打ち合わせコーナーの一つを占拠し、リストに記載した人に時間をもらい、内容を確認していく。要望は丁寧にノートにメモする。今のシステムの画面で説明された場合はその画面をスマホで撮影する。その日の午前中に確認できたのは1件だけ。担当者が多忙で時間をさけなかったり、途中でトラブルが発生して呼び出されたりとなかなか思うように進まない。


昼休みを告げるチャイムが鳴った。花が改善要望リストを確認していると谷川が話しかけてきた。

「昨日はちょっと言いすぎて悪かったな。昼飯はどうする?」

「え?」

花は谷川の謝罪の言葉に驚いた。この人、見た目は怖いし、口も悪いけど、実は根はいい人なのかもしれない、と思った。

「一緒に社食に行くか」

「あ、はいっ、ぜひご一緒させてください」

ヒアリングに精一杯で昼食のことなどまったく考えていなかった花は、谷川の誘いに素直に応じた。

谷川と事務所から歩いて5分ほどの社員食堂に向かう。工場内の食堂なので作業服を着た人たちが皆、ぞろぞろと食堂に入っていく。

「このメニューを見て、食べたいものの列に並ぶんだ」

メニューは定食が3種類、カレー、ラーメン、うどん・そば、丼ものがある。花は谷川と同じ定食の列に並んだ。順番が回ってくると、食堂のおばさんが谷川に声をかける。

「工場長、いらっしゃい。今日はかわいい娘と一緒だね。彼女かい？」

「そんなわけねえだろ。東京から来たＩＴの人だよ」

花はおばさんにかわいい娘と言われて、少し戸惑ったが、丁寧に挨拶した。

「こんにちは。しばらく通いますのでよろしくお願いします。えっと、えっと、おすすめは何ですか？」

「おすすめ？　うーん、全部だね」

「ええ、それじゃあ、困ります。どれにしていいかわからないです」

花はスマホを取り出し、ＡＩアシスタントのベルに聞く。

「じゃあ、Ａランチでお願いします」

皿を受け取り、トレーに載せてレジに並ぶ。Ａランチは鶏の照り焼き定食５００円。レジで支払いを済ませると、窓際のテーブル席で谷川が合図をしている。花は谷川の向かいの席に座った。

「いただきます。あ、おいしい！」

「そうだろう。ここの定食は安いわりになかなかうまいと評判なんだ。それにしても、いつもさっきみたいにスマホに聞くのか」

「はい、頼りになるんですよ。いちばんいいものを選んでくれるんです」

「ふうん。そんなもんかね。自分が食べたいものを食べればいいじゃねえか」

「食べたいものばかり食べてたら太っちゃいますから」

「若いお嬢さんは大変だな。ところでこっちにはいつまでいるんだ。さっきおばちゃんにしばらくいると言ってたけど」

「そうですね。改善要望の確認を終わらせないと帰れません。たぶん、３週間くらいでしょうか」

「えっ、そんなに長い間付き合わなきゃならんのか」

その物言いにドキッとして花は思わず谷川を見たが、谷川が本気で怒っているわけではなさそうな表情だったので、「よろしくお願いします」と言ってほほえんだ。

「谷川さん、ここ座ってもいいですか？」

花は声のほうを見上げて驚いた。青葉山河製作所の作業服を着た小向だったからだ。

「なんでここに？」

花は小さな声で呟いた。小向が異動したという話は聞いていたが、社内の人事ニュースには出ておらず、異動先までは知らなかった。それが青葉の仙台工場にいるなんて、いったいどういうことだろうか、と花は疑問に思った。

「おや、小向さん。どうぞ」

花の驚きには気づかないまま、谷川が促す。

「すみません、お邪魔して。ほかが空いてないものだから」

小向は谷川の隣に座る。

「こちら、小向さんと同じアイアン社の橋本さん。知り合いかな？」

「いや、どこかで会ったような気もしますが、よく覚えていないですね」

「橋本さん、こちら小向さんだ。ええと……」

「私は存じています。虎ノ門で何度かお見かけしました。橋本と申します。先月からこちらのファクトリー5・0プロジェクトを担当しています。実は……その、先日誤ってデータを削除してしまったのが私です。その節は大変ご迷惑をおかけしました」

小向よりもむしろ谷川が驚いた顔をして花を見る。

小向もようやく記憶の糸がつながったようで、ああ、と頷いて言った。

「思い出した、君か。あれは大変だったな。まあ、気にするな」

「知っていると思うが、小向さんは今月からこっちに異動して来てるんだ」

谷川が説明する。

「すみません、私が失敗してしまったせいですよね」

花が謝ると、小向は首を振って答えた。

「関係ないよ。青葉さんの運用保守は仙台工場も含めて基本的に東京で集中的に実施しているんだが、ユーザー対応要員としてこっちにも二名常駐しているんだ。そのうちの一名が育休でしばらく休むというのでピンチヒッターで呼ばれたんだ。俺は昔、こっちで仕事していたことがあるからな。何カ月も前から決まっていたことだ」

「そうなんですか。てっきり、私のせいで小向さんが責任を……」

「なんで君の責任を俺が取らなきゃならないんだよ」

小向は軽く笑いながら言う。花はそれを聞いて少しほっとした。

「いつまで、こちらにいらっしゃるんですか」

「ああ、育休は今年度いっぱいって言ってたから、それまでかな」

「出産してそんなに早く復帰できるものなんですか」

「育休といっても男のほうだからね。今どきは男でも育児のために休みが取れるんだな。そういう時代だよ」

「小向さんがこっちにいたころは、男は仕事一筋って時代だったもんなあ」

そこに谷川が話に割って入ると、小向と昔話に花を咲かせ始めた。花は小向の異動の理由を知って安心したものの、あまり味わう余裕もないまま昼食を食べ終えた。

◆

その日の午後、花はヒアリングを効率的に進める方法に悩みつつ、これまでに聞き取った内容を整理する作業を実施していた。そんな折にいきなり声をかけられた。

「橋本さん、こんにちは」

声の主は青葉山河製作所の本社ビル前で花のスマホを拾ってくれたイケメン、岩田だった。久しぶりに間近で端正な顔立ちを見て花は胸が高鳴った。

「岩田さん。どうしたんですか?」

花は少し声がうわずってしまった。

「いや、どうしたということでもないのですが、僕も青葉の人間ですからね。工場に打ち合わせをしに来ることもあるんですよ」

岩田は相変わらずさわやかに答える。

そこにちょうど谷川が通りかかった。

「おお、岩田ぁ。今日はどうしたんだ」

「あ、谷川さん。いやだな谷川さんまで。僕が遊びに来てるとでも思ってるんですか」

「違うのか」

「あたりまえじゃないですか。違いますよ。物流の人たちと打ち合わせですよ」

「へぇ、そうか。はっはっはっ」

谷川にとっては岩田が工場に来ている理由などどうでもよかったのだろう。意味もなく高笑いしながら立ち去っていった。

「まったく。人のことをなんだと思ってるんですかね」

岩田が呟くのを聞いて花が話しかける。

「岩田さん、谷川さんとお知り合いだったんですね」

「もちろんですよ。あの人社内では有名人なんです。60歳に近い今でも柔道をやっていて腕っぷしが強いし、声も大きいもんだからみんな一目置いてます。橋本さんも怖いでしょう」

「あ、いえ。大丈夫です」

花はなんだか変な答えをしてしまったなぁと思いながら、岩田を見る。

「ところで橋本さん、仕事のほうはどうですか。うまくいってますか」

花は悩んでいるところに声をかけてくれたのがうれしくて、岩田にならば正直に話してもいいだろうという気持ちになり、ヒアリングに苦戦していることを説明した。

「なるほど、大変なんですね。僕にはアイアン社さんの苦労はよくわかりませんが。でも橋本さんならきっと大丈夫、うまく乗り越えられると思いますよ」

「そうでしょうか。すごく不安です」

「そんなに心配しなくていいですよ。僕が役に立てるかわからないけど、よかったらいつでも相談に乗りますから」

そう言って岩田は優しくほほえんだ。花は岩田の笑顔を見ていると不安な気持ちが少し和らぎ、これからも頑張ろうという気持ちになった。

「じゃ、僕は打ち合わせがあるので」

岩田は軽く手を振り、去っていった。

◆

翌日も改善要望リストの確認作業を継続していたところ、谷川に声をかけられた。

「なあ、どうにかしてくれないか。あんたに付き合ってると時間ばかりかかるもんだから、メンバーの業務に支障が出ているんだが」

「すみません……」

谷川はそれだけ言うと、忙しそうにその場から立ち去っていった。

花の知識が足りないために作業がなかなか進まず、どうやら谷川をはじめとした工場の面々は、花のヒアリングを迷惑に感じているようだった。「なんとかしなければならない」と花は唇を噛んだ。貴重な時間をもらっているのだから、効率的にやらなければいけないことは理解していた。だがその具体的な方法を花は見いだせてはいなかった。

「ねえ、ベル。ヒアリング作業を効率的にやるにはどうしたらいい？」

〈花さん、作業を効率的に実施するには優先順位を決めるとよいと思います〉

「うーん、そうだよねえ」と、花はベルの答えに首を捻った。ベルにアドバイスされた優先順位づけはとっくにやっているつもりだったからだ。

「おや、橋本さん。なんだか難しそうな顔をしているな」

花に声をかけたのは小向だった。

「生産管理システムの改善要望のヒアリングをしているのですが」

「何か問題でもあったのか」

「実は私、工場の担当の人たちの言っていることがよく理解できないんです」

小向はちょっと考える仕草をしたあとに言った。

「いいか、橋本さん」

「はい」

「まずは工場のこと、工場の業務のこと、工場のシステムのことをきちんと勉強することだ」

「勉強……」

「そうだ。俺が昔、ここに赴任したときもまずはそこから始めた。書庫にいろいろと資料があるよ。もう何十年も前からある手書きの資料だから古文書と呼ばれている」

「古文書？」

「ああ、いろいろ書いてあって面白いから、一度目を通してみるといい」

小向はそう言って足早に去っていった。花はそんなものがなぜ面白いのかと半信半疑だったが、小向の言うとおりにしてみることにした。花が作業をしている打ち合わせスペースは工場の担当者が事務作業をする座席のすぐ横にある。立ち上がってあたりを見回すと、作業をしている山口を見付けたので席に行って聞いてみた。

「山口さん、お仕事中すみません。書庫ってどこにあるんですか」

「2階の一番奥の部屋だけど。何か用事があるの？」

「はい、会社の先輩にそこにある資料で勉強しなさいと言われたんです。私が入っても大丈夫ですか」

「そういうことならもちろん大丈夫。アイアン社さんはうちのシステムをずっと担当してくれているんだから。アイアン社さんが作った資料もたくさんあるよ。好きに使って」

「ありがとうございます」

書庫に入ると古い紙の匂いがした。8畳ほどの狭いスペースだったが、壁一面に取り付けられたキャビネットにびっしりと年代を感じさせる資料が置かれている。資料は何冊ものバインダーにファイリングされていたり、ファイルボックスに立てられていたりさまざまだった。「新・生産管理システム検討」と書かれたファイルを手に取ってみる。今の生産管理システムを開発したときの資料で、30年ほど前に構築された古いシステムだが、「新・生産管理システム」という資料の名前とその古ぼけた外観のギャップがなんとなくおかしくなって、花は思わず笑みをこぼした。奥のほうに机と椅子が置いてあったので、花はそこに座って資料を開いた。

システムを開発した際の検討の経緯、どういう目的で構築したか、スケジュールや体制など、さまざまなことが記載されている。当時の業務の流れを書いたフローチャートも見付けた。すべて手書きで書かれた資料でこんなことを検討していたのかと感心した。

業務フローにはシステム導入前と導入後の両方があり、これを見ると、工場の担当者がどのような流れで仕事をしていたのか、今実施している仕事が全体のなかでどういう位置づけでどこに関係していくのかがよくわかる。

体制表を見ると、小向英樹という名前があった。このとき、入社したばかりの小向が担当者として参加していたのだ。花はシステムの歴史を感じた。

夢中で資料を読んでいると、山口がお茶を持って現れた。

「まだここにいたんだね。お茶どうぞ。あんまり根詰めないほうがいいよ」

「あ、山口さん。どうもありがとうございます」

花は山口の入れたお茶を飲みながら、資料をめくり続けた。

気がつくとすでに21時を過ぎてしまっていた。

「あ、いけない」

工場は22時を過ぎると退場ができなくなってしまうため、花は慌てて帰宅の準備をして事務所をあとにした。

翌日の金曜日も花は朝から書庫にこもって資料を読みふけった。その間ヒアリングを中断することにはなるが、小向のアドバイスのとおり、これらの資料を読んで工場の業務やシステムの概観をつかんでからヒアリングしたほうが効率的だと判断し、まずは資料に目を通すことに専念した。花はどちらかというと右脳型の人間で、物事を文字で覚えるより映像で記憶するのが得意だった。一度記憶した映像は細部まで覚えていることが多い。今回の資料も次から次へと記憶に焼き付けていった。

午前中いっぱい資料を読むことに時間を費やしたあと、改めてヒアリングを開始すると、相手の言っていることがだいたいわかるようになっていた。「あ、この人の言っているシステムはこういうシステムだったな」とか、「この画面はこういうときに使うんだったな」といったように、書庫の資料の記憶で補うことで、説明された内容が理解できるようになっていた。

花はうれしくなって、ヒアリングが一段落したところで小向のところに行った。

「書庫の資料、全部読みました。勉強になりました。資料を読んだら、担当者の言っていることがわかるようになったんです。ありがとうございました。小向さんのおかげです」

「全部？　本当にあれを全部読んだのか。それは、やりすぎだろ。まあ、でもよかったな」

花は笑顔で頷いた。

◆

「橋本さん、おはよう」

翌週、花が工場に出社し、門に入ろうとしているところを後ろから谷川に声をかけられた。

「あっ、工場長。おはようございます」

咄嗟に声をかけられて、花は思わず皆と同じように工場長と呼んでしまったことに気がついた。

慌てて谷川の顔を見ると眉を上げて驚いた顔をしていた。

「あんたも俺のことを工場長と呼ぶのか」

「すみません。つい……」

「まあいいけどな」

谷川は意外とまんざらでもなさそうだった。花はこれからも工場長と呼ばせてもらおうと思った。

「ところで、ヒアリングは順調か」

「はい、最初はご迷惑をおかけしてすみませんでした。どうなるかと思いましたがコツがつかめてきました。３週間以上かかると思ってましたが、それよりは早く完了できそうです」

「おお、そうか。それはよかったな」

そう言うと谷川は門には入らず右のほうに歩いていった。

「えっ？　そっちは……」

「よかったら橋本さんも付き合えよ」

谷川のあとを、花は追いかける。

「実はこの工場の横には神社があってな」

「知ってます。いつも門から事務所まで歩いているときに鳥居が見えるので」

「ああ、かなり昔からある神社でな。俺は毎朝ちょっと寄っている」

「へぇ、そうなんですか。信心深いんですね」

少し先に、人影が鳥居に入っていくのが見えた。先客がいるようだ。

谷川に続き、花が鳥居をくぐるとそれほど大きくない本殿が見えた。本殿の裏は林になっているので神社の敷地としてはそれなりの広さがある。

本殿に着くと、谷川は小銭を賽銭箱に投げ入れ、二礼二拍手一礼した。花もそれに倣った。先ほど見えた先客の姿はもうない。

「工場長、困ったときの神頼みですね」

「いや、別に困ってねえよ」

さりげなく工場長と呼んでみたが、谷川は特に気にしている様子はなかった。

「ところで橋本さん、頼みがあるんだが」

「はい、なんでしょうか」

「実は工場の上層部が最近変わって、システム概要を説明しなくてはならねえんだが、その資料を作ってもらえねえかな」

「私が……ですか」

「いや、小向さんに頼もうと思っていたんだが、どうも忙しそうなんで頼めねえんだよ。みんなに聞くと、この工場のシステムの概要を小向さんの次によくわかっているのが橋本さんだと言うんだ。代わりにお願いできねえかな」

花は確かに古文書を読み込んだことでこの工場のシステムのことをよくわかるようになっていたし、評価されてうれしい気持ちもあった。ただ、ヒアリングがまだかなり残っていたので、ほかの仕事を引き受ける余裕はなかった。

「頼むよー、明後日まででいいんだ」

谷川が手を合わせて依頼してくる。花は断り切れずに言ってしまった。

「はあ、わかりました」

「おお、それは助かる。よろしく頼む」

花は時間の余裕はないと思ったが、明日の午後に残業して対応すればなんとかなると考え、引き受けた。

◆

翌日、スタートから1週間が経過した花の工場でのヒアリングは、順調に進んでいた。本郷には3週間必要と言ってあったが、この調子だと2週間ほどで終えられそうだ。聞き取った内容は設計書に反映し、それで問題ないか工場の担当者に最終確認して終了となるはずであった。ところが初日にヒアリングした内容を設計書に反映しようとして花の手は止まった。

午後、花はヒアリングの合間をぬって、打ち合わせスペースに小向に来てもらい、悩んでいることを正直に伝えた。

「小向さん、ヒアリングした内容を設計書に反映させようとしているんですが、やり方がいろいろあってどれにしたらいいかわからないんです」

「なんだ、それ。君はSEだろ?」

「はい」

「SEが自分で設計しないでどうする。いいか、設計というのは問題解決なんだよ。何かの問題を解決するためにどういう手段でそれを実現するか、それを決めるのが設計であり、問題解決だ。SEはシステムで問題を解決する。どういうシステムにすればその問題を解決できるのか、それを考えて提案するのがＳＥの役割だ。それがシステムの設計というものだ」

「はい……」

「君は物事を人に頼りすぎる。谷川さんに聞いたけど、いつもスマホに頼っているんだってね。そんなことだからだめなんだ。相談するのはいい。自分で考えたことに大きな見落としがないか、それを確認してもらうために人に見てもらうのはいい。それをレビューというんだ。だけどまずは自分で設計してからだ。設計する前から、どうしたらいいですかなんて、それはあり得ないよ」

だめ出しをされて花は泣きそうになる。だが、小向は続ける。

「いいか、橋本さん。大事なことだから聞いてほしい。自分で決めるんだ。でないといつまで経っても一人前になれない。人生も同じだ。自分の人生を人に決めてもらってどうする。うまくいかなかったらその人のせいか。そうじゃないだろ。自分の人生は自分で決断して自分で勝ち取るものだ。そうでなかったら一生後悔して生きていくことになる」

小向はそこまで言うと立ち上がって自分の仕事に戻った。花は予想外の厳しい言葉にショックを受けた。

なんとかその日のヒアリングを終えた花は、工場からホテルに帰る道を歩いていた。すでに19時を過ぎ、あたりはすっかり暗くなっている。夜道を歩きながら、さっき小向に言われたことを思い出していた。

「君は物事を人に頼りすぎる。だからだめなんだ」

花は誰にともなく言う。

「なにもあんな言い方しなくてもいいのに……。私は言われたとおりに資料も読んだし、一生懸命理解してヒアリングしたのに。みんなの言っていることもわかるようになったし、その結果もちゃんとまとめたんだから……」

だが、小向に言われるまで、はっきりと指摘されたことがなかったことに、今、花は初めて気がついた。私は今まで自分で決めることができなかった、決める勇気がなかったのだ、と。

思い出してみるといつもそうだった。高校受験や大学受験は教師に勧められた学校に決めた。それからは一生懸命に勉強したが、決めたのは自分ではない。人の意見に従っただけだ。就職のときは世の中で話題になっている人気のある会社を選んだ。結局は自分の意見がないのだ。

◆

次の日も、花は小向に言われたことをずっと考えていた。

「君は物事を人に頼りすぎる。だからだめなんだ。自分で決めるんだ」

その言葉が花の頭の中にこだましている。

「じゃあどうすればいいのだろう」

そのことをずっと考えながらいつもの打ち合わせスペースで仕事をしていた。

夕方の終業時間が迫ったころ、花は谷川に声をかけられた。

「お願いしていた資料、できたかな」

「えっ？」

「工場のシステム概要の資料だよ」

花は凍り付いた。谷川に頼まれた資料の作成は昨日の午後に実施する予定だったが、小向の厳しい指摘を受けて、つい忘れてしまっていたのだ。

「すみません、ほかのことに気を取られていて忘れてました」

「え！　できてないの？　明日の朝イチで必要なんだよな」

「すみません。今から作ります」

「今からじゃ間に合わねえよ。確認したり、修正したりしてもらう時間もねえじゃねえか。やってくれるって言うからあてにしてたのに」

花はそもそもこの依頼を断り切れなかったことを悔やんだ。あいまいな状態で引き受けてしまい谷川に期待をさせてしまった。

そこに、小向が通りかかった。

「お二人とも、神妙な顔して、どうしたんですか」

「おう、小向さん。どうもこうもないよ」

うつむく花を横目に、谷川は小向に事情を説明した。

「それならいいのがありますよ。前に使った資料があるんです。ちょっと直せば使えると思いますよ。見てもらえますか」

二人は小向の席に向かっていった。

しばらくして小向が花のところに戻ってきた。渋い表情をしている。

「橋本さん……」

「ご迷惑をおかけしてすみませんでした」

「資料のほうはなんとかなったよ。なぜこんなことになったと思う？」

「断り切れなくて」

「そうだね。どうして断らなかった？」

「谷川さんがどうしてもと言うから」

「谷川さんのせいにするのはおかしい。君の問題だよ」

「私の問題……」

「谷川さんがなんと言おうと、できないものはできないと言わないとだめだよ。昨日言ったことと同じだ。君は失敗することや人に嫌われることを恐れすぎているんだ」

花は反論したかったが、言葉が出なかった。

「失敗したくないから決断できないし、嫌われたくないから断ることができないんだ。だけどね、それじゃあだめなんだ。決断しないことで失敗することもあるし、断れないことで嫌われることもあるんだよ。そのことをわかってほしい」

「……はい」

「君は先のことを考えすぎて、今の判断を誤っているんだよ」

何も言えない花を前にして小向は続ける。

「あとね、物事を決めるための方法。まず複数の案を出す。次に、それぞれの案のメリットとデメリットを並べて比較する。そのなかで、メリットが最大かつデメリットが小さい案を採用する。そして最後は勇気を出して決断する、それだけ。やってみるといい」

小向はそう言うと立ち去った。

花は小向に言われたことを改めて考えてみた。決断しないことで失敗することもある、確かにそうだと思った。最後は勇気を出して決断する、確かにそれしかないと思った。小学校の学芸会でかぐや姫をやりたかったのに立候補できなかったこと、高校時代に好きだった先輩に告白できなかったこと、大学のときに海外留学をしたいと思ったが悩んでいるうちに卒業を迎えてしまったこと。なぜあのときに決断しなかったのか。今でも後悔していることがある。もうそんな思いはしたくないと花は思った。

◆

その週の金曜日、小向のアドバイスを意識しながら工場で改善要望リストの整理をしていた花は、次にヒアリングすべき山口にアポを取ろうとしたが、席に見当たらない。周囲の人に聞くと、山口はしばらく休職することになったという。

仙台工場に来てから、同性のよしみで何かと目をかけてくれる山口の存在が花の心の支えになっていたが、その山口が休職するという話は花にとってかなりショックだった。花はすぐさま谷川の席に向かった。

「工場長。山口さんが休職されたと聞いたんですが……。どういう理由なのでしょう?」

「家庭の事情だよ。本人の許可がないのに勝手に俺から詳しいことは話せない」

「山口さんから挙がった改善要望のヒアリングができなくて困っているのですが」

「それならさ、あいつ、事務所に眼鏡を忘れてるから、自宅に届けてやってもらえないか。そのついでに改善要望の内容もこっそり聞いてくればいい。俺からも連絡しておく」

「ありがとうございます」

花は谷川から山口の忘れ物の眼鏡と届け先の住所が書かれたメモを受け取った。場所はここからそれほど遠くないところのようだ。

翌日の土曜日は休みだったので、花は朝から谷川に教えられた場所に向かった。

昭和の雰囲気を醸し出す2階建ての鉄骨の建屋からフォークリフトの動く音が聞こえる。見上げると、「ホープ精機」という看板が出ている。小さな町工場のようだ。工場の入り口は大きく開いていて、使い込まれた機械やコンテナが見える。中では、青葉山河製作所のものではない作業服姿の山口が忙しそうに働いていた。

　状況をつかめずにぼんやりと眺めている花を山口が見付けて声をかける。

「花ちゃん、いらっしゃい。よく来てくれたね」

「山口さん、これはどういうことですか」

　花は工場の奥の事務所に通された。10畳ほどのスペースで事務机が2席ずつ向かい合って並んでいる。その横にちょっとした応接コーナーがあって山口がお茶を出してくれた。

「実はね、ここは私の父がやっていた工場なんだけど、父が病気で働けなくなってしまってね。この工場は父が裸一貫で築き上げた大事な工場だし、ここをたたむと職人さんたちの仕事がなくなってしまうから、当面は私が青葉を休職して代わりに取り仕切ることにしたの」

「この工場の実質的な経営者になるということですか」

「まあ、そういうことだけど。町工場の経営は甘いものじゃない、と思ってる」

「そうなんですか」

「青葉のような大手のメーカーに部品を納めているんだけど、生き残りが大変で。必要なタイミングで必要な数の部品を供給しないとならないんだけど、急にたくさんの注文が来ても対応し切れないでしょ。そうすると対応力のあるほかの部品メーカーに乗り換えられてしまう。だからある程度注文を見越して作っておかなければならないわけ」

「なるほど」

「ねえ、花ちゃん。お願いがあるんだけど」

「なんでしょうか」

「青葉のプロジェクト絶対に成功させてね」

「はい？」

「あのプロジェクトは工場の自動化を目指したプロジェクトだよね。私たちのような町工場は人手不足で生産計画を立てる人なんていないし、ベテランの勘で作っているところがあるから。小規模な工場にこそ、ああいうシステムが絶対に必要になってくる」

花は山口の切実な思いを聞かされ、自分のやっている仕事が青葉山河製作所だけでなく、いろいろなところで役に立つのだということを感じた。

◆

花が仙台に来てから2週間が経過していた。東京から離れ、ここ仙台の地に赴き、工場で実際に働いている人たちと接するなかで、花は自分の中で何かがつながりつつあるのを感じていた。

小向に少し厳しいアドバイスをもらったことで、自分の判断で決定する局面では、意識して勇気を振り絞りなんとか決断できるようになった。設計書の修正ではいくつかの方案を洗い出し、それぞれの案のメリット・デメリットを比較して、最もよいと思われる案を自分の案として採用した。それを基本設計書に反映し、内容を確認してもらうレビューでは、なぜその方式を選択したのか、なぜほかの案ではだめだったのかをわかりやすく説明した。

これによってレビューにおける指摘は激減し、説明がとてもわかりやすいと評価もされた。

また、山口の工場を訪れたことによって、ファクトリー5・0プロジェクトの意義を理解した。これまではなんとなく「与えられた仕事をこなすしかない」という気持ちをぬぐえなかったが、それが「なんとしてでもこのプロジェクトを成功させなければならない」という思いに変わった。そのためには自分の担当する生産管理システムの開発をしっかり完了させなければならない。そう、強く思った。

◆

「できた！」

日もすっかり暮れたころ、書庫にこもって作業をしていた花はPCに向かって叫んだ。改善要望を反映した修正を設計書にまとめる作業が完了したのだ。

システム開発で作成するドキュメントは、多くの場合上書き保存をせず、ある程度アップデートしたら別名で保存する。その場合同じファイル名のデータがフォルダ内に並ぶことになるため、ファイル名の末尾に「通し番号」を振って管理する。

花は最後に作成したドキュメントのファイル名の末尾に「finished!!」と入力し、それ以外の通し番号「001」から「021」を「old」フォルダに配置した。独力で作成したドキュメントの版数が20を超えるのは初めてだ。花は達成感からしばらく「finished!!」と付けられたファイルをうっとりと眺めていた。

明日は東京に戻り、対応方針の内部レビューを行う。帰りの支度を始めたとき、スマホが鳴った。谷川から食事の誘いだった。

◆

仙台駅近くの居酒屋で花と谷川は待ち合わせた。木の扉を開けると、すでに谷川は席に座っていてその横には小向もいた。谷川が右手を挙げて「よっ」と花に合図する。

「お誘いありがとうございます、工場長！　小向さんもいらしてたんですね」

「ああ、ご一緒させてもらうよ」

小向が花に言う。

「もちろんです」

「橋本さん、今日までお疲れさん。俺たちの声はちゃんとシステムに反映されるよな」

谷川がねぎらいの声をかけてくれた。

「ありがとうございます。皆さんの声はしっかりと反映させました。教えていただいた作業フローも詳細に記載しましたし、システム化のヒントをたくさん得られました」

「そりゃ頼もしい。協力した甲斐があったな。よろしく頼むよ」

谷川も花も、立場は違えど共通の達成感を得られたせいか、いつもより酒が進んだ。

「小向さんとは震災のときに一緒に仕事したんだよ」

谷川が小向の肩を叩きながら言った。

「そうなんですか。小向さんは何も言ってなかったですよね」

小向は黙って飲んでいる。

「ああ、そうだろうな。小向さんは自分のことはあまり喋らないからな」

谷川は懐かしそうに語る。

「このあたりは震災でかなり被害があったんだ。工場も浸水して操業が停止したが、お客さんには部品を供給し続けなければならない。どのお客さん向けの在庫や仕掛品《しかかり》がどこにあるか、工場の情報はシステムの中にあるが、それをどうやって見たらいいかわからない。そんなときにこの人は駆け付けてきてくれて、どこにどれだけの在庫があって、いつまで持つか、仕掛品のうち製造に回せるものはどれか、といった必要なデータを見やすく提供してくれた。業務のことを本当によくわかっていたから、いてくれてどれだけ助かったことか」

「そんなことがあったんですね」

「昔の話だよ」

小向が少し照れたように笑う。

「あとな、一緒に子犬を助けたんだ」

「子犬？」

「ああ、池でおぼれかけててな。俺はその子犬を見付けて池に飛び込んだ。飛び込んでから思い出したけど、俺は泳げないんだ」

「ええっ？」

「子犬を抱えながら、今度は俺がおぼれかけちまった。そのときたまたま小向さんと一緒でな。結局、小向さんも飛び込んで、俺と子犬を助けてくれたんだ」

「谷川さんが無茶しすぎなんですよ」

小向が言う。

「そうだな。でもそういうのを見ると俺は体が勝手に動いてしまうんだな」

「お二人は戦友みたいな感じですか」

「そうそう。戦友。それだな。小向さんはすごい人だよ。そのときの犬はもう天国に行っちゃったんだが、その子どもが俺のところにいるんだ。ほら」

そう言って谷川はスマホの写真を見せる。小向も知らないことだったようで驚いた顔をしている。

「ほんとだ。すっごくかわいい！」

柴犬らしき犬がカメラのほうを向いて、舌を出している姿が映っていた。花も子どものころ、いつも家に犬がいて一緒に遊んでいた記憶がある。

「ヒデっていう名前なんだ」

谷川がそう言うと小向が「なっ」と言いかけ、さらに驚いた顔で谷川を見る。

「小向さんの名前から取ったんですか」

「そう、よくわかったな」

「谷川さん、なに勝手なことしてるんですか」

珍しく小向の顔が上気している。

「そういえば、花ちゃんは秋田出身だと言っていたな」

谷川が話題を変える。花のことをいつの間にか花ちゃんと呼んでいる。

「そうなんです。東北の仕事をやることになるとは思ってもいませんでした」

「俺は仙台出身で、高校卒業してからこの工場に入って40年近くになる。花ちゃんも知っていると思うが、最近のうちの工場の主力製品は自動車のセンサーで、自動車部品メーカーに納入されているんだ。今どきの車には、高速道路で車線を超えてしまったときや前の車に接近しすぎたときにアラームを出す機能が搭載されているが、俺たちのセンサーはそういうのに利用されているんだな。花ちゃんは運転するか」

「以前、教習所に通ってたんですけど、全然できるようにならなくて途中で諦めました」

それを聞いて「教習所に通って免許を取れないやつがいるのか」と小向が反応する。

「頑張れば取れたかもしれませんが、私が免許を取ると、きっと事故で誰かを不幸にすると思ってやめました」

「そうか、そんな花ちゃんを救う自動運転という技術が研究されている。自動運転にはレベルが1から5まであって、運転手がまったく操作しなくてもシステムがすべてを操作してくれるレベル5に到達するのは２０３０年といわれている。将来的にはその自動運転に使われるセンサーなんだな。つまり俺たちがいないと自動運転が実現しないということだ」

花は谷川の言葉に、自分たちが日本を支えているんだ、という誇りを感じた。

「ところで花ちゃんは日本酒、飲めるか」

「はい、秋田出身ですから」

「じゃあ、今日は宮城の酒を飲んでもらおう」

そう言って谷川はお猪口になみなみと注ぐ。

「ちょっと、あまり飲ませすぎないでくださいよ」

小向がたしなめるが、谷川は「味をみてもらうだけだ」と、小向の助言を聞く様子はない。

「この酒は伯楽星という酒で、食事に合う酒として有名なんだ。究極の食中酒といわれている」

花はお猪口を口に運ぶ。

「あ、ほんとだ。飲みやすくておいしい」

「そうだろう。この酒蔵はその当時、全国最年少の22歳の女性が杜氏になったんだ」

笹かまぼこをつまみに日本酒を飲みながら、谷川は酔いが回ったのか、同じ言葉を繰り返した。

「俺たちが作ってるものはなあ、世の中の役に立ってるんだ」

自分の作るものが世の中の役に立っていると自信を持って言える谷川を、花はうらやましいと思った。

「ものを生み出す製造業ってすごいですね」

谷川にそう言うと、長い答えが返ってきた。

「花ちゃんも、自分の作るものにプライドを持て。どんなものも世の中の役に立っているんだ。それがセンサーだろうが、システムだろうが、そんなことは関係ねえ。品質にプライドを持って作ることが大事なんだ。この日本酒だってそうだ。保存方法がしっかりしている販売店にしか卸していないんだ。出荷して長期間経過した酒は味が落ちるからと回収しているらしい。そこまで品質管理を徹底しているんだ。俺たちも自分の作るものにプライドを持たないとだめだ」

黙々と酒を飲んでいる小向も、頷きながら聞いていた。

花は谷川の言葉を噛みしめていた。

システムが世の中の役に立っている。システムの品質にプライドを持つ。自分は世の中の役に立つものを作っている。このシステムは工場の稼働を支え、この工場で製造した製品が部品メーカーに出荷され、部品メーカーで作られた自動車部品が自動車メーカーに出荷され、自動車メーカーで自動車に組み立てられる。自動車ができ上がり、自分たちの生活の役に立つ。つまり自分の作るシステムが自分たちの生活に間接的に役に立っている。

花はそのことに思い至ると、自分のやっている仕事が本当に価値のあるものだと思えた。

「花ちゃんたちがやってる『ふぁいぶじー』とか『えーあい』とかよくはわからんが、自動運転は必ず人の生活を豊かにし、悲劇を減らすと信じてる。個々人の努力や取り組みは、必ず社会に利益をもたらすんだ！　なぁ、そうだろう？」

「はい、そのとおりです！」

花は谷川の呼びかけに力強く答えた。

「谷川さーん」

店の出入り口から男性が大声で呼びかけていた。

「谷川さん、車が来ましたよ。一緒に帰りましょう」

小向が谷川に声をかける。家が同じ方面なので一緒に飲んだときはいつも小向が付き添い、運転代行を使って帰るのだ。

「お、もうそんな時間か。じゃあ今日はこれくらいにして帰ろう」

そう言って谷川は立ち上がろうとしたが、酔っているうえに軽く足も痺れていたので、フラッとよろけた。

「あぶない！」

よろけた谷川を花が両手で支え、「大丈夫ですか」と気遣った。

「花ちゃん、あんがと」

谷川は礼を言うと、何気なく花の肩に手を回そうとしたが、花がひらりとかわした。

「工場長、セクハラはだめですよ」

花が冗談めかして言うと、谷川は行き場をなくした手で頭を掻きながら言った。

「そんなんじゃねえよ」

谷川はきまり悪そうにして先に店を出ようとしたが、振り返って言った。

「花ちゃん、自動運転はいいぞ。飲んでも運転できるから、代行を頼んだりする面倒はなくなるし、時間を気にせずいつまでだって飲めるんだからな」

花はせっかく谷川のいい話に感動していたのに、最後で台無しだなあと心で笑いながら声を張り上げる。

「工場長！　このプロジェクト、絶対に成功させましょう！」

谷川は何も言わずにニヤリと笑い、親指を一本立てると、そのまま去っていった。

◆

翌朝、花は仙台駅にいた。2週間半滞在した仙台工場をあとにして、いよいよ東京に戻る。花にとって予想外に濃密な時間となった。仙台に到着したときに感じた言い表せない不安はすでにどこかへ消え去っていた。花は、なんとなく自分の中に細いながらもしっかりとした芯が通ったような気がした。

東京への土産を買うために新幹線の改札内の少し大きめの土産物屋に入った。ずらりと並んだ土産物はそれぞれが自己主張している。何を買おうかと考え始めた花は、思わずポケットのスマホを出しかけるが、思い直して手を引っ込める。「ここは自分で決めなきゃ」と、そう呟いた。

店員に「お姉さん、ずんだのお菓子がおいしいですよ。いかがですか」と声をかけられたが、花はにっこりほほえんで、別のお菓子を手に取ってレジに並んだ。

その後、指定席券を買うため、花は新幹線乗り場近くの券売機へと向かった。お土産をゆっくり選んでいたことと、ちょうど列車の間隔が空く時間でもあったこともあり、次のはやぶさはお昼前に出発する便となっていた。

券売機のタッチパネルを操作し、ゆっくりと切符が発券される。すると、背後から「橋本さん？」と呼ぶ低い声がした。花が振り向くと、ニット帽に厚手のモスグリーンのシャツを羽織った岩田がさわやかな笑顔で立っていた。

「今から東京にお帰りですか」

「はい。岩田さんもですか」

「そう。もしよければ一緒に帰りませんか」

「ええ？　いいですけど……」

花は驚きながらも、仙台では一人の行動が多く、誰かと一緒に帰るのもよいな、と思った。もちろん、イケメンで親切な岩田に誘われたことも純粋にうれしかった。

「じゃ、券見せてもらえる？」

花が購入したばかりの指定席券を渡すと、岩田は券面を確認し、素早くスマホを操作し始めた。

「これでよし」

岩田はインターネット予約サービスで花の隣の座席を予約したのだ。

「では、お弁当でも買いに行きましょうか」

岩田は駅弁売り場のほうに手を向け、どうぞ、というように花をエスコートした。

聞けば岩田は今月から週に2、3日、現行システムの確認や工場のメンバーの状況確認のため、仙台に出張しているのだという。プロジェクトの延伸で仙台工場も混乱しており、その調整もあって通っていると聞き、花は申し訳なく思った。

「一人で移動するときは寝てるだけでつまんないんですけど、今日は橋本さん見付けたんで、ラッキーと思って声かけちゃいました」

屈託のない笑顔で岩田がそう言うので、「暇潰しでもなんでもなります！」と心の中で舞い上がる花だった。

新幹線に乗り込むと、岩田は背の低い花に代わり、花のキャリーバッグをさっと荷物棚に上げた。扉が静かに閉まり、車両がゆっくりと動き出す。

「さっそくいただきましょう」

岩田の合図で、花は笹巻きえんがわ寿司を、岩田は厚切り牛タン弁当を広げる。

花は大好物のえんがわを大きな口で頬ばった。

「おいしそうに食べる女性っていいですよね」

「え、ちょっと見ないでくださいよ～」

「すみません」

「岩田さんこそ、あ、落ちそう！」

口からご飯粒がこぼれそうになっているところを、岩田はぎりぎり箸で受け止めた。

「危なかった。僕、こういうところあるんですよね」

照れ笑いをする岩田に、普段の行動はスマートなのに天然なところもかわいい、と花は思った。

それから1時間と少し、花が岩田に励まされてヒアリングを頑張ることができて感謝していることと、花と岩田は二人とも社会学部出身であることなど、プロジェクトのことや他愛もない話で二人は盛り上がった。聞き上手な岩田のおかげで会話が途切れることはほとんどなく、あっという間に終点の東京駅へ到着した。

「では、僕はこっちだから」

「はい、ありがとうございました」

「今後ともよろしくお願いしますね」

岩田は黒のリュックを背負い、両手でバイバイと手を振って改札のほうへ向かう。改札を出たあと、岩田は花のほうを振り返り、再び手を振った。花は岩田の姿が見えなくなるまで見送った。

◆

出張帰りの最初の打ち合わせは、花が仙台土産を配るところから始まった。カステラ生地でカスタードクリームを包み込んだ、月を模した饅頭だ。

「定番だけど、これがいちばんおいしいよね」

上原がさっそくほおばった。

「橋本さん、センスあるね」

本郷もいそいそと包みを開け、両手で饅頭を割った。

「ありがとうございます。ずんだ餅やゆべしとも迷ったんですけどね」

「私、ずんだも好きだよ。シェイク飲んだ?」

「名物の話はいいから、ヒアリングの結果をお願いします」

スイーツトークに盛り上がる女子たちを本郷が遮り、花に説明を促した。花は、ＰＣの画面をディスプレイに投影し、事前にまとめておいた要望への対応方針を示しながら、出張の結果を報告した。

「……ということで、優先度の高い要望は以上で、残りは可能であれば、とのことです」

「要望書に書いてある優先度とずいぶん違うなあ。まぁ、よくあることだけど」

本郷はぼやきながらも、リストにまとめられたヒアリング結果をもとに、対応スケジュールの検討を始めた。優先度が高いとされた要望の改修内容や必要工数から、概算での工期を試算しているのだ。

花は本郷の様子を見て、補足する。

「今回のヒアリング結果をもとにすると、アプリケーションの改修が必要な範囲は、当初の想定よりもかなり少なくなりそうです」

「この規模の改修だったらスケジュール的にもなんとかなりそうだね」

本郷は、そう呟いてから、念押しするように花に問う。

「この方針は谷川さんもOKしていると考えていいよね？」

「はい。谷川さんもメンバーの意見を尊重して、まずは必須の機能があればあとはなんとかなるだろうって」

「そっか。意外と話せる人なんだね。僕が勝手に苦手意識を持っていただけなのかな」

「本郷さんは苦手かもしれませんね。お酒飲めないですから」

「え、お酒飲んで攻略したの？」

「伯楽星っていうお酒で、スッキリしてて、海の幸とか、どんな料理にも合うんですよ」

「飲みニケーションってやつですか。昭和だね。僕は新しい時代のやり方で意思疎通を図っていくから……」

「ちょっと、本郷くん、落ち込まないで」

上原が本郷の肩をポンポンと叩くような仕草をした。本郷は気を取り直して、話を続けた。

「あとは会計システムとのインターフェースだけど、橋本さん、青葉から要件の回答ってまだ来てないよね」

「えーと、まだです。岩田さんに、財務担当の方への連携をお願いしてるんですけど」

「担当者が忘れてることもあるからプッシュしておいて。既存踏襲だったらいいけど、変更が必要だったら、来週頭には要件来ないとスケジュールが厳しくなるから」

「はい、あとで岩田さんにメールしておきます」

「メールだと遅くなるから、電話してもらってもいい？」

「わかりました」

花は仕事とはいえ岩田の声を聞けるのがうれしくて、すぐに岩田に連絡を取ったが、電話はつながらなかった。留守番電話に折り返し電話をもらいたい旨の伝言を残し、花はチームメンバーと打ち合わせを持つことにした。

打ち合わせの目的は、仙台工場でのヒアリングを通じて整理した事項への対応方針を伝え、対応の分担を決めることだった。着任以来、要領を得ず、矛盾の多い依頼をしていた花からの説明ということで、大森や佐久間たちチームメンバーは、やや斜に構えて打ち合わせに臨んだ。しかし、以前とは異なり、要点を押さえて説明する花に、メンバーたちは次第に姿勢を正し、議論に集中していった。

「というわけで、項番188への対応は、起動スクリプトのなかで環境変数を上書き設定する方向で対処しようと考えています」

花がそこまで述べたとき、大森が口を挟んだ。

「それより起動ユーザーのプロファイルに環境変数を定義しておけばいいんじゃないですか。それならコードのほうを変更する必要もないですし」

花は、大森と向き合いながら質問に答える。

「はい。ユーザープロファイルに設定することも考えましたが、このユーザーは複数のプログラムの起動ユーザーとなっています。プロファイルに環境変数を設定してしまうと、このユーザーが起動する全プログラムが影響を受けてしまいます。今回はプログラムの動作自体への影響はないと期待できますが、それでもリソースへの影響や再テストが必要となる範囲を考えると、起動スクリプト内に環境変数を設定するほうがよいと考えています」

「了解です。そこまで検討済みであれば、この方針で対応します。この変数が変わるとなると、エラーハンドリングのロジックにも影響が出てきますね」

「はい。影響箇所については、洗い出したものを別紙にまとめています。そちらをご確認いただき、抜け漏れがあれば、ご指摘いただけると助かります」

大森は無言で別紙に目を通すと、こう呟いた。

「……そうか。確かにこれも影響を受けるな。よく洗い出されてる」

佐久間たちほかの開発メンバーも目を丸くしながら「すごい……」と口々に呟き、頷いた。

「ありがとうございます。では、次の項目について説明を続けます。項番194ですが……」

「待ってください」

大森が遮った。

「このレベルで整理された資料がそろっているのであれば、一件ずつの詳細はメンバーが読み込んだうえでQ＆Aさせてもらうだけで対応を進められそうです。この場は全体の棚卸と、役割分担の決定までで大丈夫だと思います」

それはある意味で、大森が花の仕事を認めてくれたということだった。花は大森の申し出を受けてこう続けた。

「わかりました。それでは概要レベルで対応方針をひととおり棚卸したうえで、各項目をどなたに分担していただくかを決めるところまでをこの場のゴールにしましょう」

一つひとつの要望事項に対する役割分担は、ベテランの大森がチームメンバーの得意分野をよくわかっていることもあり、ほとんどがすんなりと決まっていった。

「では、予定よりも早いですが、本日の打ち合わせは以上でよろしいでしょうか」

「はい。橋本さんが、あらかじめ具体的に対応方針を整理してくれていたので助かりました。それにしても、仙台に行く前とはずいぶん変わりましたね。正直あのときは、不安に感じるところが多かったんですが。仙台で何かあったんですか」

「そうですね。小向さんに教えてもらって古文書を読みふけったり……」

「古文書って、もしかして既存システムに関する手書きドキュメントのことですか」

「はい。大森さんもご存じなんですね」

「現物を見たことはありませんが、6年くらい前に現行システムの改修の案件に参加したときに、コピーを見たことがあるんです。そのときから古文書って言われてましたね。そうか、原本をご覧になったんですね」

「はい。読み始めると面白くって全部目を通しちゃいました」

「全部！」

そのとき、花のスマホに着信があった。岩田からの折り返しだ。花は大森に断って、その場を離れた。

「青葉の岩田です。先ほどはすみません、会議中だったもので」

「こちらこそ、お忙しいところ、申し訳ありません。さっきはありがとうございました。あの、財務担当の方への確認をお願いしている会計システムとのインターフェースの件なんですけど、まだ担当者からご回答はないでしょうか」

「来てないですね。本日中が期限でしたっけ」

「はい。岩田さんからもう一度お尋ねしてもらえますか」

「わかりました。期限ギリギリになってしまい申し訳ありません。返事が来たらすぐに連絡しますね」

岩田は相変わらずさわやかで、声までもがイケメンだ。花は先ほど一緒に帰ったことを思い出して、つい顔をほころばせた。

こうしてチーム内の役割分担に続き、岩田へのリマインドも終わった。「今日はどこかに飲みに行っちゃおうかな」と花は久しぶりに華やいだ気持ちを感じていた。

◆

翌週、花が出社すると、岩田からメールで財務担当への確認結果が来ていた。

「さすが岩田さん、仕事が早い」

花は笑みを浮かべながらメールを読む。想定していたとおり、要件は現在稼働しているシステムと同じようにしてくれればよい、とのことだった。仙台工場側のシステムはこのままの設計方針でよさそうだ、スケジュールにも影響なく進められる、と花は安心した。

「本郷さん、インターフェースですが、現行と同じでいいそうです。岩田さんからメール来てました」

「了解。じゃインターフェースの設計方針をまとめた資料を一枚作ってくれる？　今度の月次進捗報告会の補足資料にするから」

「今日中にやっておきます」

今週木曜は、月次進捗報告会が開催される。会計システムとの連携が現行どおりであれば今回の会議も大過なく終わることが予想された。今回も岩田が来るならば自分の作った資料を見られることになる。「わかりやすいことはもちろん、センスよく作らなきゃ」などと考えつつ、花はプレゼンテーションソフトで資料の作成を始めるのだった。

◆

「お疲れ様です」

その日の昼下がり、花がコーヒーを飲もうと給湯室に入ると、上原が流しで弁当箱を洗っていた。同じプロジェクトを担当している上原だが、別チームであるため、最近は打ち合わせ以外で話す機会はなかった。

「お疲れ～。あれ、なんか明るい顔してるね！　いいことあった？」

「そうですね、やっとチームのみんなとうまくいき始めたんです」

「仙台に行ってよかったね」

「はい、いい経験になりました。工場の皆さんがとってもよくしてくれて」

「このプロジェクトのあとも統合案件があるから、現場の人たちと人脈つくっとくのは大事だよ」

「あの……統合案件ってなんのことですか」

「言ってなかったっけ。ほら、青葉は山河と合併したでしょ。でもまだシステムは別々のものが多い」

「はい。山河のシステムは別の情報システム子会社……えーと、ＹＩＳ社が担当してますもんね」

「そうなんだけど、来期に会計業務のシステムが統合されるんだって。今の案件が終わったらコンペがあるらしいよ」

「それってかなり大規模な案件になるんじゃないですか？」

「そうそう、だから絶対受注しないと、って部長層が意気込んでたよ」

「仕事があるのはいいことですけど、また忙しくなるんですね」

花はまだ受注もしていない案件のことを考えて、小さくため息をついた。

「ごめん、ごめん、まずはファクトリー５・０を成功させなきゃね」

洗い終わった弁当箱の水気をペーパータオルでふき取り、上原は給湯室を出ていった。

忙しくなるのは嫌だが、よく考えればまた岩田と仕事ができるということに気づき、青葉山河製作所の仕事への意欲が湧いてくる花だった。

◆

今月の月次進捗報告会にも花は同行することになった。前回同様、議事録係という立ち位置だが、メインの議題の一つに仙台工場のヒアリング結果があり、報告内容が承認されるのを自分の目で見たいとも思っていた。

今回の会議の場に岩田はいなかった。前回は着任したばかりということで顔を出しただけだったのかもしれない。打ち合わせの相手が高島と加賀谷の二人だけとなると、重厚な会議室がますます重苦しく感じられた。

進捗報告が終わり、議題は基本設計の承認へと進む。この場で改善要望への対応方針と、それを踏まえた基本設計の概要を説明し、高島、加賀谷の承認を受けることで、システムに対する改修仕様が確定するのだ。

心配していた仙台工場の改善要望の件は、思いのほかすんなりと承認された。

「ま、谷川さんがいいと言うなら問題ないでしょう。現場がやりやすいのが一番ですから」

高島がにこやかに頷き、次の資料へと目を移した。「さすが、工場長」と花は谷川の強面を思い浮かべながら、プロジェクト延伸の発端となった件がようやく収束したこと、そのことに自分が貢献できたことをうれしく思った。

「最後に、会計システムとの連携ですが、こちらは財務担当者様とも確認を取り、現行どおりで進めていきます。詳細はこちらの資料をご覧ください」

本郷の説明が終わっても、高島は資料を見つめている。花が作成した会計システムとのインターフェース設計の資料だ。

「これは仙台工場の現行システムを踏襲ということですか」

高島が眉をひそめて言う。

「はい」

「仙台工場は現在、青葉系列の会計システムと連携されているのではないですか」

「そうですが、何か問題でしょうか」

「財務担当者が既存と言っているのは山河系列の会計システムの方式ではないでしょうか。会計システムは更改が予定されていますが、それまでに新規構築するシステムは山河系列の会計システムと連携する予定にしているはずです」

「そうなんですか」

「関東の工場システムに山河系列のものが多いので、一元化という意味で、いったん山河系列の会計システムと連携しているんです。そうですよね、加賀谷部長」

資料を見ながら渋い表情をしていた加賀谷が顔を上げた。

「ああ、そうですよ。岩田や財務担当者からも伝えているはずですがね」

「それは聞いていないのですが……」

本郷は内心の焦りを表には出さずに返答する。

「そうですか。岩田は別件で外出しているので、すぐに確認は取れないが……そうだ、財務なら私の同期がいる。ちょっと確認してみよう」

加賀谷は胸ポケットから黒いスマホを取り出し、電話をかけ始めた。

「もしもし、加賀谷だ。ちょっといいかな」

聞き取れないのはわかっていながら、電話の向こうの声に耳を澄ます。

「そうかそうか、ありがとう、忙しいところ時間を取らせてすまなかった。ああ、またぜひ今度芝刈りにでも」

加賀谷はどうもどうも、と頭を下げながら電話を切った。

「やはり関東の工場システムと同じ、ということだそうです。だいたいアイアン社さんが要件を聞いてきたのが先週末だと言ってましたよ。重要な要件なのに、遅すぎるでしょう。リードタイムってものがあるんですから」

「え、でも私、岩田さんに……」

「申し訳ございません」

花が発言しかけたのをすぐに本郷が制した。

「では、仙台工場の新生産管理システムは山河系列の会計システムと連携するということで承知しました。連携にあたり、山河系列のインターフェースの仕様などがわかる設計資料をご提供いただけますでしょうか」

「資料は運用で使っている共有フォルダに入っていますよ。そこまで調べるのがアイアン社さんの仕事でしょう。プロですよね？」

加賀谷がフンッと鼻をこすりながら答えた。

「まあまあ、こちらもあいまいな回答をしてしまったようですから。仕様確定はどのくらいでできそうですか」

高島が前向きに話を進める。

「それは資料を確認してから回答いたします」

「じゃいつまでにできるか、今週中に回答してください。仕様確定が今週中の予定だったんですから、遅延になりますよ。延伸したからって気を抜かれては困りますね」

そう言って頬杖をついた加賀谷に、内心で憤慨しながらも、花は本郷とともに頭を下げた。

会議からの帰り道で、花は本郷に愚痴を言った。

「今週中に回答って、今日が木曜なんだから実質明日までじゃないですか。ああやって無理難題を押し付けてくるの、どうにかなりませんかね」

「今回はこちらの進め方にも落ち度があったからね。月次進捗報告会のあとに余裕を持たないスケジュールを組んでいたのもよくなかったし。ただでさえ、加賀谷さんはアタリが厳しいからね」

「山河系列の現行システムの情報をなるはやで入手したいですね。ＹＩＳ社経由での情報提供を依頼しましょうか」

「いや、そのルートだとなんだかんだで引き延ばしを食った挙句に、不十分な情報しか出してもらえない可能性がある。本来のルートではないけれども……小向さんならご存じかもしれない」

「小向さん、携帯の番号わかります！」

本郷と花は足を速めた。

◆

会社に戻ると、花はすぐさま小向に電話をかけた。とにかく今日中に山河系列の会計システムの設計書を入手したいところだった。

事情を話すと、小向はすぐに青葉山河製作所との共有フォルダを教えてくれた。チャットツールの画面共有機能で、仙台で操作している小向のＰＣ画面を見ながら説明を受ける。

「山河系列の設計書はあまりないけど、このフォルダだね」

「うわ、何これ、全然整理されてないじゃないですか」

「山河系列の資料はＹＩＳさんが管理してるからね」

「うちが管理しているほうは整理されてるんですか」

「もちろん、ほら」

小向がアイアン・ソリューションズの管理する青葉系列のシステムの共有フォルダを開くと、システムごとに番号が振られたフォルダの中に、設計書、パラメータシート、手順書、構成図などのフォルダが並んでいて、何が格納されているのかが一目でわかるようになっていた。長年運用に従事してきた小向が、システムや拠点が増えるごとに一つひとつ配置してきたのだ。

しかし、今はこちらの混沌としたドキュメント群の中から目当ての資料を見付け出さなくてはいけない。手当たり次第にそれらしきフォルダやファイルを開いていくが、ことごとく外れる。深くフォルダを開いて潜っていっても何もなければ、また上のフォルダまで戻らなくてはいけない。

「もう、やだー」

「ちょっと代わろうか」

見かねた小向が操作を代わる。

「コマンドでファイル一覧を出してもいいんだけど……。このあたりかな」

小向は長年の運用経験で培われた勘を働かせて相手方の担当者の思考回路を読み解きながら、目当ての資料がありそうなフォルダを開いていく。

花は父親が昔見ていた映画のワンシーンを思い出した。映画の中では、国税局の査察官が脱税者の家宅捜索で現金の隠し場所を的確に暴いていた。小向が混沌としたファイルの藪をかき分けて進むさまは、査察官の捜索に通ずるものがある、と花は小向の手際のよさに舌を巻いた。

「これかな」

あるファイルにカーソルを合わせてエンターキーを押下すると、「青葉山河製作所様向け　会計システム　基本設計書」と記載された表紙が表示された。

「フォルダ構成はめちゃめちゃだけど、社名はちゃんと山河から青葉山河に修正してるんだな」

ページを捲ると変更履歴が記載される。

「最終更新日は……約1年前か。これが最新とは思うが……」

「よかった」

花が今日の仕事がすべて終わったかのように安心した声を上げた。

「ちょっと待って。最近山河系列の会計システムに大きな変更があって、山河系列の生産管理システムがいつもより長くメンテナンス時間を取っていたような気がする。そのせいで、こっちの生産管理システムも早めにメンテナンスモードにしたんだよな」

「それっていつですか」

「たしか橋本さんが仙台に来た週だったから……11月6日だな」

「じゃあ、そのときの変更分がまだ設計書に反映されていないってことですか」

「そうかもしれないね。ただ、設計にまで影響する変更だったかはわからない」

「お客様に確認してみますね」

「それがいい」

「ありがとうございました。じゃ、このファイル、案件のフォルダに複製させていただきます！」

花は早く変更内容を確認したい気持ちが勝り、お礼もそこそこに小向との通話を切った。

◆

花が青葉山河製作所に確認すると、小向の記憶どおり、3週間前に山河系列の会計システムには変更が加えられており、それは生産管理システムとのインターフェース設計にも関わることだった。

青葉山河製作所経由でYISに設計書を修正してもらい、その設計書をもとに新生産管理システムの構成案を作成する。その構成案は、情報システム部門だけでなく財務担当者とも直接打ち合わせをして確認する。そうして、なんとか仙台工場のシステムにおける基本設計が確定した。

この作業により、仕様確定までが1週間の遅延、開発工期が3週間伸びた。しかし、プロジェクト全体としてこれ以上工期を遅らせることはできず、運搬チームにも協力してもらってタスクを組み替え、なんとか約束どおりのスケジュールとすることができた。

師走を迎え、クリスマスムードに街が華やぐ金曜の夕方、連日の残業で疲れがたまってきた花が、隣に座る本郷に話しかけた。

「次の新会計システムは絶対に受注したいですね。青葉系列だろうが山河系列だろうが、うちが一括して構築して運用すればこんなことにはならないんですよね」

「そうだね」

本郷も忙しいのだろう、前を向いたまま気のない返事をする。

二人の会話を聞いていた上原が、数列先から声をかけた。

「次の受注のためにも今が正念場だけど、帰れる人は早く帰りましょうね」

「はーい」

花は再びＰＣの画面に集中した。

しかし、花はそもそも山河系列の会計システムと連携するなんて聞いていなかった。加賀谷は花たちの確認不足だというが、月次進捗報告会で高島から指摘が入らなければ、このまま青葉系列の方式で費用やスケジュールを見積もるところだった。

「岩田さんもちゃんと確認できてなかったのかな」

花がイケメンの顔を思い浮かべていたところに、花のスマホが鳴った。岩田からのメッセージだ。

「突然ですが、今晩、時間ありますか。一緒にご飯でもどうでしょう」

いきなりの誘いに花は驚いた。

「無理なら大丈夫です。急に予定がなくなって。もしよければ、会計システムの件のお詫びも兼ねて一緒にどうかなと思っただけなんで」

「行きます！」

花は思わずそう返信していた。

その夜、イルミネーションに彩られた小道を通り抜け、岩田が案内してくれたのは、丸の内にあるローストビーフが有名なビストロだった。

「誘っていただきありがとうございます。私でよかったんですか」

「ええ。僕も一人でご飯を食べるよりも誰かと一緒がよかったので」

岩田は今週もまた仙台出張に行っており、今もその帰りとのことだった。岩田にとって相手は誰でもよかったのだと知り、花は少し残念な気持ちになった。

「会計システムの件、僕がちゃんと確認できていなくて、すみませんでした」

「いえ」

花は、本当は岩田のせいで大変だったと言いたいところだが、本人に謝られてはそんなことは言えなかった。

「僕も着任したばかりで細かい仕様は把握できてなかったんです。あのあと、上からも叱られました。プロジェクトを円滑に進めていくのが僕の役目なのに」

「でも、もう新しい構成案も決まりましたし、あとは淡々と進めていくだけです」

「そう言ってもらえると助かります。よい仕事をするためにも、今夜はおいしいものをたくさん食べましょう」

ピノノワールの口当たりのよい赤ワインを飲みながら、二人はいろいろな話をした。岩田は花の5歳年上だが、話題に困ることはなかった。岩田が子どものころピアノを習っていて友人の結婚式の余興でも披露したことがあること、高校時代はバスケットボール部で若手リーグの日本代表候補になったことなど、普段は知ることのなかった岩田の意外な一面を知って花は親近感を覚えた。

楽しい時間はあっという間に過ぎ、閉店の時間となった。

支払いはいつの間にか岩田が済ませてくれていた。花の支払いの申し出を、岩田は「今日の分はお詫びだから」と断った。

「今日はごちそうさまでした。ありがとうございました」

「スケジュールは厳しいと思いますが、お互い頑張って、いいシステムにしましょうね」

そう言って岩田は花の目を見ながらにっこりとほほえんだ。社交辞令とわかっていても、花は岩田の笑顔を見ていると疲れが吹き飛び、プロジェクト成功に向けての意気込みが満ちてくるのだった。

◆

2月も半ばとなり、プロジェクトの設計フェーズも終わりを迎えようとしていた。今週末は親しい友人や恋人の間でチョコレートなどの贈り物を交換しあうイベントが控えていて、金曜日の今日は一日中フロアの男性陣がどことなくそわそわと浮足立っていた。

終業後、花はオフィスフロア中央の丸テーブルでPCに向かっていた。たまには違う席に座るのも気分転換になる。

そこへ上原が「花ちゃん、これ、一緒に食べない？」とベルギー王室御用達ショコラティエが手がけるパティスリーの手提げを持ち上げて見せた。

「わぁ、ありがとうございます。でも、私、なんの準備もしてなくて」

「いいの、いいの。私が食べたいだけだから」

上原はいそいそと箱にかかるピンクのリボンをほどいていった。箱の中には9粒のハートや貝殻の形をしたチョコレートが上品に納められている。いわゆる本命用、または自分へのご褒美スイーツというやつだ。一粒口に入れると、控えめなチョコの甘さのなかに、複雑な柑橘系のさわやかさを感じた。原材料の欄を見ると、パッションフルーツや柚子のピューレが入っているらしい。

「佐久間さんもどう？」

花たちの横を帰ろうとしていた佐久間が通りかかり、上原は声をかけた。

以前は花の陰口を叩いていた佐久間だったが、最近ではチームメンバーとして良好な関係が築けている。と、少なくとも花は思っている。

「ありがとうございます。いただきます」

佐久間はいちばん地味な茶色の四角い粒を選んで口に入れた。

「佐久間さんは誰かにチョコあげたりとかしないの？」

上原が軽々しく突っ込んだ問いをするので、花はびくびくしながら佐久間の顔色をうかがった。

「私はしないです。あんなの、レガシーイベントですよね」

「そ、そうだよね」

「じゃ、お先に失礼します」

たじろぐ上原にニコッとほほえみ、佐久間はさっさと帰っていった。定時にきっちりと担当範囲を終わらせて帰るのを信条としているのだ。

「あの子、相変わらずクールだね」

「はい、イマドキって感じです」

「私が入社したころは男性社員全員に配ってたんだよ。先輩に言われてスーパーで買ってきたお買い得パックのチョコをちまちま袋に詰めてさ」

「そんな時代もあったんですね。でも上原さんからチョコもらったら男性陣のモチベーションは爆上がりだと思いますけど」

「特売のチョコだよ？　これのほうが何十倍もするんだから」

そう言われて、花は口に入れようとしていたチョコを見つめた。調子に乗って何粒も食べてはいけなかったのかもしれない、と気まずく思ったところで、上原が別の話題を振る。

「そういえば、青葉の岩田さん、かなりのイケメンだよね」

密かに慕っている人の名前が出てきて、花の心臓がドキリとした。

「あ、そうですね、物腰もやわらかくて親切ですよね」

「うんうん、たまにうっかりミスしちゃうところもかわいい感じで、あれは母性本能をくすぐるタイプね。今ごろ年上のお姉様方から紙袋いっぱいにチョコもらってるかもよ」

上原は花の心の内には気づかず、勝手に岩田のチョコレート事情を推測した。

「岩田さん、低めのいい声してるけど、声がいい人ってナルシストのイメージあるんだよね」

「上原さん、それ偏見ですよ」

「そうだね、今のはオフレコで」

えへへ、と照れ笑いをする上原を見て、花は、冗談に対してつい本気で返してしまった自分を反省する。

「花ちゃんは、今日も残業?」

「はい、ユーザーテストの仕様書を作成しているんですけど、加賀谷部長から早めに見せてほしいって言われていて」

「2回目のユーザーテストだから気になるんだろうね」

「さすがに今回のユーザーテストは失敗できないですもんね」

「そうだよね〜。じゃ、頑張るためにも、もう1個どうぞ」

上原が勧めてくれた今度の粒はライムの皮がアクセントになっている。王室御用達の職人技に圧倒されながら、花は資料作成に励んだ。

◆

スマホの振動の音でモグラは目を覚ました。

明順応し切れていない目をスマホのブルーライトが刺し、顔をしかめる。枕元の時計を見ると、夜中の3時を少し回っていた。時計の脇にきれいに並べた二つのスマホのうち、組織から支給されたほうのスマホが着信している。

モグラはスマホを手に取り、ベッドの反対側で寝ている女の寝息に耳を澄ませた。女は剝き出しの肩をわずかに上下させ、安らかな寝息を立てている。

この女、名前は何だったか……モグラは身を起こしながらぼうっと考えたが、すぐに考えるのをやめた。どうせ朝になったら他人同士になる割り切った関係だったからだ。

モグラは女を起こさないようにそっと立ち上がり、バスルームに移動しつつスマホに出た。

「遅くにすまない」

電話の声からは、言葉とは裏腹にまったく申し訳なさを感じ取れなかった。

「いいさ。俺たちモグラには営業時間なんてない。24時間365日、年中無休で組織の犬だからな」

「連絡員が、明日朝イチで作戦会議だと言ってきた。システムに改変を加える方法を急いで検討したいとのことで、プロジェクトの現状に関する情報を急いで取りまとめる必要がある」

「今からか。嘘だろ？」

モグラは冗談めかして笑いながら言ったが、電話の向こうの沈黙はその言葉が冗談の類いではないことを示していた。

「……だよな。まったく、人使い荒いぜ」

「リモート会議のリンクは追って送付する。夜は何があろうと空けておいてくれ」

「わかってるよ。明日の予定はキャンセルだ」

モグラの寝室から、ちょっと、どこ行ったの、と女の間延びした声が聞こえたので、モグラはスマホを手で覆った。

「ちっ。起きたか。面倒だな。タクシー代渡して帰らせる。先に取りかかっておいてくれ」

モグラは通話を切るとバスルームの鏡をのぞき込み、とびきりの笑顔をつくった。

◆

4月に入り、プロジェクトはユーザーテストの佳境を迎えていた。実施するのは、全国の青葉山河製作所の支社に勤めるユーザーが、実際の業務で花たちが構築したシステムを利用するという非常に重要なテストだ。

その日の朝会で、本郷は当日の作業予定を確認する。

「複数のシステムからのアクセスが生じると思われますので、問い合わせなどがあった場合には対応をお願いします」

「アクセスはもう始まっているんですよね」

確認の意味で、花が本郷に問いかける。

「そのとおり。必要な設定は終わっているので、ユーザーは本日出社時点から新システムと連携が可能になっています。今のところ問い合わせなどは上がってきていないから、立ち上がりは順調だね」

「とはいえ、本格的なアクセスのピークは10時から11時と15時から16時ですから、油断は大敵です」

花はそう言って、会議室の掛け時計を眺める。時計の針は9時20分を指していた。

「そうだね。アクセスのピーク時には、トラブルに即応できるよう気をつけておきたいね」

「念のため、ピーク時間帯には私と大森さんがトラブルのカバーに入れるようにしておきます」

「ありがとう。よろしくね」

朝会はその後、昨日までに報告されている不具合などをひととおり確認して解散となった。

花は朝会の間も新システムへのアクセス状況をモニタリングしてくれていた大森に声をかけた。

「大森さん、朝会終わりました。アクセス状況はどうですか」

「今のところは順調。アクセス数も現行システムとほぼ同じ傾向で推移しています」

大森はそう言って、ディスプレイを花にも見せた。時間を横軸とした棒グラフが表示されている。

「左側が現行システム、右側が新システムのアクセス数です。今日のテストでは現行システムで通常業務を処理してもらったうえで、新システムにも同様の処理を試みてもらうので、多少のタイムラグはあってもほぼ同じ傾向が見えるのが期待値です」

「連携元システムごとのアクセス状況もわかったりします?」

「わかりますよ。ちょっと待ってください」

大森はコマンドを打ち込んで新しいウィンドウを起動する。ウィンドウには、中心に数字が書かれた円グラフが二つ表示されていた。

「こちらは今時点の各システムからのアクセス数を円グラフで表示したものです。真ん中の数字は全体のアクセス数ですね」

「なるほど……」

花は二つの円グラフに違和感を覚えた。

「大森さん、会計システムからのアクセスが少ないですね……」

「本当だ。ほかのシステムからはだいたい同じなんですが……現行のほうさえ入力しておけば、業務的には回ってしまうから、新システムへのテストは省いちゃっているんですかねえ」

「ここでしっかりテストしておいていただかないと、業務で使う段になって何かあっても困るんですけどね」

そんな会話をしているうちに、花のスマホに着信があった。本郷からだ。

「今、会計システムの担当から連絡があって、川崎支店から新システムにつながらなくて困っているそうなんだ。対応をお願いします」

「え？　つながらないってまったくだめなんですか。手元ではアクセスが来ているように見えますけど」

「そのへんの状況確認も含めて対応を！」

「わかりました」

電話を切った花に、すかさず大森が問いかける。

「トラブルですか」

「はい。川崎支店で新システムに接続できないそうです。まずは話を聞いてみます」

花は手元に印刷しておいた体制図をもとに、川崎支店の担当者に電話をかける。

「ファクトリー5・0担当の橋本です。接続トラブルが起こっているとうかがいましたが……」

「そうなんだよ。朝から試しているんだけれど接続しようとしても全然つながらない。これじゃテストにならないってみんな困っているんだ。なんとかなりませんか」

「一人もつながらない状況ですか」

「そう言っているでしょう。テストに協力するために、業務を調整しているんですから、しっかりお願いしますよ」

「申し訳ありません。至急、状況を確認いたします」

花はそう言って電話を切った。花たちの手元のモニタリング状況では、わずかとはいえ川崎支店からのアクセスがあるように見えるが、川崎支店側からはまったくつながらないとクレームが来ている。まずは事実関係の整理が必要となる。

「大森さん、今接続できている川崎支店からのアクセスについて、具体的にどのユーザーからなのか確認をお願いします。あと、川崎支店からの接続に対するこちら側の設定と、川崎支店にお願いしている接続設定の確認も」

「了解です」

川崎支店との接続設定は、ほかの支店に比べても量が多かったため、花は不備があることを懸念していた。

◆

花と大森の迅速な対応が功を奏して、川崎支店との接続問題は小一時間で解消された。原因は、青葉山河製作所の会計システム担当が対応した設定に誤りがあったことだ。

「こっちは正しい値をちゃんと提示しているのに、なんで文句を言われなきゃいけないんでしょうか。間違えたのはあっちなのに！」

憤懣やる方ないという表情で、花は愚痴をこぼす。

「でも、大森さん、不可解ですよね。さっき会計システムから一切つながらない状態だったのに、モニタリング上はアクセスが来てたように見えていました。モニタリングの方法に不備があるってことでしょうか」

「いえ、ログを確認したところ、確かに会計システムからのアクセス履歴が残っています。ただ……」

大森がうまく説明しにくいといった表情で言いよどむ。

「通常業務とは異なる種類のアクセスが発生していた可能性があります」

「どういうことでしょうか」

「各システムとの接続設定は、現行の担当者に提示していただいていたのですが……」

大森はそう言いながら、あるファイルを開いて花に示した。

「会計システムは精査が追い付かないという理由で、かなり広範に接続を許可するようになっていました」

「本来必要ではない通信も受け付けられるようになっていたってことですね」

花はなるほど、という表情で頷いた。

通常、システムを接続するときは、セキュリティ上の理由で、必要な通信だけを許可し、あとは通過させてはいけないものとして阻止する構成となっている。道路に関所を設け、登録されたナンバーの車は通っていい、それ以外の車はそこから先へ進めない、というようなものだ。

会計システムはほかの設計内容に時間がかかりスケジュールが厳しかったため、先ほどの例でいえば、具体的に許可すべき車のナンバーを洗い出せず、だいたいこの範囲のナンバーの車は通っていい、と少し大雑把な要件を提示していたのだ。

「ただ、今朝の接続障害に対応したときに改めて精査した結果、会計システムの連携には7種類の通信を許可すればいいということがわかりました。それがこちらです」

大森がもう一つのファイルを開いた。そこには7行の設定情報に加え、もう1行設定が記載されていた。

「8行目のこれは何でしょうか」

「今朝、会計システムからつながっていた通信の設定内容です。ただ、これは業務上発生しうる通信のどれにも該当しません。誰かが意図を持ってこの設定で接続しないと、こういう接続は生じないはずなんです」

「精査漏れ、という可能性はないのでしょうか。今回もかなり短時間で対応したわけですし……」

花の疑問に対して、大森は首を振り否定する。

「念のため、会計システムの担当者にも確認したんですが、そんな連携は行っていない、とのことでした」

「通信障害があったから、ユーザーの誰かが試行錯誤していたという可能性はありますか」

「個別にこういった接続を行うには、一般ユーザーには開示していない接続情報が必要ですから、ちょっと考えにくいですね」

「システム担当の方ならできるでしょうか」

「今朝の障害対応のときに、この接続について聞いてみましたが、心当たりはないと言っていました。何かの間違いじゃないか、と。それに……」

大森は続ける。

「この通信で何をしていたのかが気になったので、あとからログを確認していたのですが、何度か管理者権限を得ようとして失敗しているのが記録されているんです。一般ユーザーにせよ、システム担当にせよ、テスト中のシステムに対してそんなことしますかね」

「挙動不審なアクセスだったというわけですね。ちなみに、アクセスに使われたアカウントは何ですか」

「A10857です。Aから始まるので命名規則的に青葉さんの個人ユーザー向けアカウントの一つだと思うのですが、私は台帳の閲覧権限を持っていないので、どなたのアカウントなのかまではわかりません」

「その台帳ならチームリーダ以上に展開されていたはずです。確かこのへんに……」

そう言って、花は自身の端末からチームリーダ限りのアクセス権が設定されている共有フォルダを探索する。

「ありました！　えーと、Ａ１０８５７は……えっ？」

アカウントの持ち主を確認して絶句した花に、大森が尋ねる。

「誰だったんです？」

「……加賀谷さんです」

花と大森は顔を見合わせた。

◆

「……というわけなんですが、お客様にはどう報告しましょうか」

花は、今朝の接続障害対応で発見した謎のアクセスについて、本郷に相談した。

「接続障害の件と、謎のアクセスの件は、混同されないように別々に報告しよう。謎のアクセスのほうだけど、使われていたアカウントは加賀谷さんのもので間違いないのかな」

「はい。台帳が正しいという前提ですが、台帳上では加賀谷さん用のアカウントでした」

「そうか……」

本郷は言葉を区切り考え込む。

「あの……今日、加賀谷さんは？」

「午前中は会社にいらっしゃったようだ」

「やっぱり加賀谷さんが？」

「加賀谷さんのアカウントが使われたからといって、加賀谷さん本人とは限らないよ。それに加賀谷さん本人がやったにしても、そんなわかりやすい痕跡を残すものかな？」

「それはまあ、そうですが……」

「本人に聞いてみないとわからないな。ちなみに、この謎のアクセスに使われた経路、今は塞いでいるのかな」

「はい。設定は必要最小限に絞り込まれています」

「了解。いったん加賀谷さんに報告しよう」

花と本郷は急いでタクシーに乗り込み、青葉山河製作所の本社へ向かった。


加賀谷との緊急の打ち合わせには、岩田も同席していた。

本郷と花は、接続障害と謎のアクセスの件を報告するも、加賀谷からネチネチと責められた。花たちは加賀谷が謎のアクセスの真犯人ではないかと疑っていたが、確たる証拠もない状況では反論することもできない。

「ともかく、開発中の新システムに不正な変更が加えられていないこと、ほかの拠点からの接続設定が必要最低限の内容に限定されていること、この2点を明らかにしていただけなければ、本番リリースなどあり得ませんよ！」

「ご心配はごもっともです。しかし、それらの対応のためにプロジェクトメンバーをアサインしてしまうと、今進めているユーザーテストのスケジュールへの影響が無視できなくなります」

本郷も苦しい抵抗をするが、加賀谷はますますヒートアップしてしまう。

「そこをなんとかするのが御社の役割でしょうが。まさかこの期に及んでまたリスケなんて言い出したりはしませんよね」

「……この場での即答はできかねますので、いったん持ち帰って検討いたします」

本郷がそこまで言って場を納めようとしたそのとき、岩田が口を開いた。

「あのう、アイアン社さんもユーザーテストで手が一杯のようですし、私の配下にいるセキュリティ系に明るいメンバーで、今回の件は対応しましょうか」

思いがけない救いの手だった。

「岩田さん、ありがとうございます。当社としてもそうしていただけると助かります」

本郷がすぐに岩田の申し出を受け入れる。

「岩田！　助け舟など出してやらなくてもいい。なんでウチがアイアン社さんの尻ぬぐいをしなけりゃならないんだ」

「そうはおっしゃいますが、今朝の障害も元はといえば、川崎支店の担当の勘違いですし、怪しいアクセスにしても十分な精査をせずに緩い要件を出したのは弊社のほうですよ」

花は内心で「そのとおり！」と岩田に喝采を送ったが、加賀谷の手前、神妙な顔つきで沈黙している。

「もういい！　わかった。それなら岩田、お前のほうでしっかり尻ぬぐいしてやるんだぞ」

恩着せがましい言い方ではあったが、この件の対応については岩田配下の部隊に引き取ってもらえることに落ち着いた。

青葉山河製作所のエントランスを出たところで、花は本郷に言った。

「岩田さんに助けてもらえてよかったですね。これ以上仕事が増えたらもう発狂するところでしたけど」

「あとで改めてお礼を言っておかないとね」

本郷は普段はあまり見せることのない満面の笑みを浮かべて、そう答えた。

その後、岩田とその配下でセキュリティ対応を引き取ってくれたエンジニアたちはてきぱきと対策を進めてくれた。その手際のよさに花は感心し、さらに岩田への思いを募らせるのだった。

◆

「……これで、よし。橋本さん、コミットしちゃいますよ」

ＰＣを操作している大森が、隣から同じディスプレイを見つめている花に確認する。

「お願いします。これで、最後ですね」

「そうです……はい。コミット完了しました！」

「終わったー！」

「なんとか間に合ったー！」

大森の完了宣言を聞いて、花のチームメンバーが次々と歓声を上げた。ユーザーテスト終盤、テストで洗い出された不具合、修正事項の最後の1件の対応が完了したのだ。青葉山河製作所からの承認プロセスは残っているものの、現場の作業としては一段落がついた形である。

「橋本さん、お疲れ様でした」

大森はそう言って、自分の机の上にボウリングのピンのように並べている炭酸飲料のペットボトル群の中から、唯一中身が残っている一本を手に取り、乾杯するような仕草をした。花も手にしていた紅茶のペットボトルを、大森のそれに合わせた。

「ありがとうございます。皆さんが一致団結して取り組んでくださったおかげで、なんとかここまで辿り着くことができました」

「去年の秋ごろのあの状況から、よくここまで来たと思いますよ。転機はやっぱり橋本さんの仙台合宿ですかね」

普段は冷静な大森がおどけた口調で、花が対応した仙台でのヒアリングを称賛する。

「いや、私なんてそんな……」

「花ちゃん、そういうときは謙遜せずに、ありがとうって言っておくものだよ」

いつの間にか上原が後ろに立っていた。花の席のあたりで上がった歓声から気配を察したらしい。

「はいこれ、対応完了のお祝い。本郷くんからみんなに、だって」

上原はそう言うと、菓子折りを花に手渡した。

「ありがとうございます。さっそく皆でいただきます」

花はそう言って、メンバー一人ひとりに菓子を手渡して回った。

◆

数日後、ゴールデンウィークを翌週に控え、カットオーバー前としては、これが最後となるであろう月次進捗報告会が開催された。

「……以上をもちまして、ユーザー受入テストの完了をご報告いたします」

本郷の報告に、高島がにこやかに応答する。

「お疲れ様でした。次はいよいよシステムお披露目のセレモニーですね」

ファクトリー5・0としての初実装となる仙台工場では、政府・業界からの注目に応えるべく、カットオーバーに先立ち、本格稼働前にデモンストレーションを披露するセレモニーが予定されているのだ。

「セレモニーの準備は万全なんでしょうね。これまでみたいに手抜かりがあっては困りますよ」

加賀谷は相変わらず不機嫌そうに念押ししてくる。

「はい。ユーザーテストの結果承認後にご説明差し上げる予定でしたが、デモンストレーションの最終リハーサルも無事完了しています」

「それならばけっこう」

高島は立ち上がって本郷に握手を求めてきた。

「セレモニーも、よろしくお願いいたします。当日は私たちも参加する予定ですが、今から楽しみですよ」

「ご期待に沿えるよう頑張ります」

こうして、ファクトリー5・0プロジェクトは、セレモニーとカットオーバーを残すのみとなったのだった。

◆

【上層部より連絡あり。次のフェーズに進むとのこと。詳細は明日18時。待ち合わせ場所はいつもの駐車場で】

【承知した。もう一人への共有は必要?】

【君たちモグラには、別々に通達することになっている。もう一人には別のタイミングでこちらか

ら伝える。連携は無用だ】

【承知した。詳細の前に概要を知っておきたい】

【ここにはあまり詳しく書けないが、君らの報告にあったセレモニーの場を想定している】

【セレモニー……。なぜわざわざ公衆の面前で実行する必要が？　いつもどおり隠密に水面下で実行すべきでは？】

【今回はあえて公の場が舞台に選ばれたとのことだ。人工知能の技術の進化が加速している。直接的に脅威を排除するのでは間に合わない。上層部は世の中にＡＩが支配する社会の危険性の種を植え付けることにしたということだ】

【それで公の場……。しかし、セレモニーの最中ともなると我々の動きもかなり制限されるし、発覚のリスクもある】

【無論すべて承知のうえだ。君たちへの報酬は倍にするとのことだ】

【報酬は倍。その代わり、何かあったら我々は切り捨てられる。降りられないダブルアップというわけだ】

【そのとおり。幸運を祈るよ】

【連絡員というのは、楽な役割だな。情報もリスクも右から左にバケツリレーか】

【そう嚙み付くな。これでも見えない場所で君たちモグラの露払いをしてるんだ】

【そういうことにしておく】

【では明日。遅れるなよ】

【期待しないで待っててくれ】

◆

足元がなんとなくふわふわして落ち着かないのは、電車の揺れだけによるものではなかった。花がスマホを取り出して時間を確認すると、画面には9時を少し回った現在の時刻と、今日のスケジュールが表示されていた。

『ファクトリー5・0　デモ当日！！！』

今日は花たちが手がけてきたプロジェクトのお披露目会。仙台工場にマスコミや業界関係者を招き、これまでの成果を眼前で大々的にアピールするのだ。花自身はデモンストレーションの運営には参加せず、あくまで会場を見学しに行く身ではあったが、自分自身が手を動かし、汗をかいて少なからず構築に関わったシステムだ。「うまくいくはず」という期待と、「何かあったらどうしよう」という不安が、まるでテニスのラリーのように胸中でせめぎ合っているのだった。

ガクン、と最後に少しつんのめるようにして電車が止まると、花はホームに降り立った。駅を出たところで、背後からドスの利いた声が聞こえた。

「おっと。こりゃ花ちゃんじゃないか」

振り向くと、強面の顔をくしゃっと潰した笑顔の谷川と目が合った。

「わあ、工場長。すみません。お久しぶりです」

花は虚を突かれて反射的にペコリと頭を下げた。

「いやいや、すみませんってちょっと。頼むよ。俺が脅したみたいじゃねえか」

「あ、いや、あのその……すみません」

「いやだから……ん、もういいわ」

谷川は半ば呆れた顔で頭の後ろを掻いた。

「それで？　こんなところで何をしてんのかな？」

「あ、はい。今日はデモの日じゃないですか。だからその……何かできないかなと思って。で、応援しようと思ったのですがちょっと早起きしてしまい……」

「応援か。いいね。でも『早起きした』って、遠足が待ち切れない小学生みたいだな」

「はは……はい」

花が少し顔を赤らめながら首を縮めると、谷川はカラカラと笑った。

「でもよ。俺そういうの嫌いじゃないぜ。どうだい花ちゃん。これから工場の隣の神社にお参りに行くんだが、一緒に行くかい？」

「え、お参り……ですか。これから？」

「あったりまえじゃねーか。普通神様へのお祈りってのは、大事の前にやるだろ？　何か起きてから祈っても、神様に都合のいいやつだって思われるだけだろ」

「はあ……そんなもんですかね。あれ？　そういえば工場長車で通ってませんでしたっけ。今日は電車だったんですか？」

「まあ……そのあれだ。昨日深酒しちまってな。一応運転やめとこうかなって」

花は決まり悪そうに頭を掻く谷川の様子を見て、ふっとほほえんだ。

「工場長、真面目ですね」

谷川は照れ隠しなのか、へへ、と笑ってから両手を叩き合わせた。

「おし！　じゃあデモの成功とみんなの安全をお祈りしに行くぞ！」

花は強引だなと思いつつも、笑顔で谷川に頭を下げた。

「そうですね。それじゃあご一緒させてください」

花と谷川は、駅から工場方面に向かうバス待ちの行列が長かったので、タクシーに乗り込んだ。

久しぶりの再会ともあって、タクシーの中で二人は話に花を咲かせた。

花が仙台工場にいたのはほんの数週間だったが、工場の面々が花がいなくなって寂しいとこぼしていると谷川から聞き、花はうれしくなった。最初はなかなか打ち解けられなかっただけに、彼らの心の中に入り込めた喜びで胸がじんわりと温かくなるのを感じた。

花は、仙台を発ってずっと胸に引っかかっていたことを聞こうと思った。

「工場長、山口さんってその後……どうしてますか」

「山口？　ああ、あいつなら頑張ってるらしいぞ。『ホープ精機』、なんとか軌道に乗せ直したらしい」

「そうですか……。よかった」

花はほっと胸をなでおろした。東京でも、ふとした瞬間になぜか山口のことが思い浮かび、どうしているか気になっていたのだった。

タクシーが神社近くの交差点で止まった。信号が赤だ。この交差点を曲がれば神社はもうすぐそこだった。

「運ちゃん、ここでいいや。花ちゃん、ここは俺が出しとく。すぐ追い付くから先に行っててくれ」

花は、財布を取り出した谷川に、すみません、と軽く頭を下げてタクシーから降りた。

谷川のほうを見やると、財布から小銭をたくさん出し、運転手と頭を付き合わせて数えていたので、少し歩き始めていようと思い、神社のほうに向かい交差点を曲がった。

道の正面、数十メートル先に神社があり、その前を横切る道路に止まっていた黒塗りのセダンが、ちょうど走り去っていくのが見えた。セダンから降り立ったのであろう人影が、人目を気にするように左右に目を配りつつ、花に背を向けて神社に入っていくのが見えた。

花の胸がドキンと一つ高鳴った。ちらりと見えた横顔が、岩田のそれに見えたのだ。

「やれやれ。お待たせ。ん？　どうした？」

追いついてきた谷川が、神社のほうに目を凝らす花の様子を見て尋ねた。

「あ、工場長。あの、今神社に入っていった人、岩田さんに見えたので」

「岩田？　本当か？」

「ええ。少し離れてたのでわかんないですけど……でも、たぶんそうです」

「なんであいつがこんなところにいるんだ」

「うーん。やっぱりお参りでしょうか……」

谷川は神社のほうに歩き出した。

「じゃあいいじゃねえか。ちょうどいい。一緒に参拝すればいいじゃねえか」

「そ、そうですね。そのとおりですね」

花は慌てて髪を整え、谷川に続いた。

◆

「上原さん、報道関係者の入館証の準備、大丈夫ですか」

本郷が顔を上気させて足早に通り過ぎようとしている上原を捕まえて聞くと、上原は足を止めようともせず、本郷のすぐ近くに無造作に置かれた紙袋を指さした。

「そん中見て！」

本郷が紙袋の中をゴソゴソ探ると、果たして事前に申請しておいた入館証の束が現れた。

仙台工場セミナールーム。いつもはほとんど使われておらず、空調がむなしく空回りしているだけの〝贅沢な〟空間だったが、この日はデモンストレーション前のプレス発表を控え、準備に忙しい工場関係者でごった返していた。

本郷が胸をなでおろしているところに、額に汗を滲ませた小向がツカツカと歩み寄ってきた。

「『月刊ITテック』関係者が到着して、加賀谷さんが応対しています。デモの準備、お任せしてもいいですか」

「えっ、もう到着したんですか。予定時刻より早くないですか」

「ですね……。なんでも時間を間違えて早く到着してしまったって」

本郷は首を振りつつため息をついて言った。

「ったく。スケジュール変更するこちらの身にもなってほしいですよね」

「まあそう言わずに。わざわざここまで取材に来てくれてるわけですし」

小向になだめられ肩を竦めた本郷は、「そう言えば」と言ってあたりを見回した。

「谷川さんは今日どちらに？」

小向は怪訝な顔で本郷の顔をのぞき込んだ。

「昨日、聞いてなかったですか。あの人……えーと谷川さんはあの風体とキャラなので、メディアの前に出さずに午後のデモから裏方で参加してもらうってことになってたじゃないですか」

「おっと。そうでした。まあこんなバタバタな場所で雷落とされまくってもかないませんからね」

本郷の言葉に小向が小さく笑って返し、再び二人は準備に戻っていった。

◆

神社の鳥居を潜ったところで、「むむ」と前を歩く谷川が唸った。

「なんですか、工場長」

「今誰か、俺の噂をしている」

「なんですかそれ。霊感でもあるんですか」

「首筋がチリチリしている。こういうときは誰かが俺の噂をしているんだ」

「そんなの気のせいですよ」と言って、花は軽く笑った。

奥へ進んだ花と谷川だったが、そこに人影はなかった。

花は怪訝そうにあたりを見回した。

「あれ？　誰もいない？」

「シッ。何か聞こえる」

谷川の言葉に耳を澄ますと、携帯の着信音らしき音がかすかに聞こえた。

「どっから聞こえる」

「あっちのほうです」

花は、本殿横からさらに境内の奥に続く細い横道を指さした。

「この道は行ったことないな。何があるんだっけか」

花はスマホを取り出し、ベルに本殿奥の様子について尋ねた。

〈本殿奥は現在使われていないようですが、倉庫になっています〉

「倉庫か。さっきのが岩田だとしたら、そこに何の用があるってんだ」

「工場長、行ってみましょう」

花たちは、道脇の伸び放題の草が、まるでとおせんぼをするかのように交差するなかを分け入っていった。

◆

「えー本日はお忙しいなか、遠方まで足をお運びいただき、誠にありがとうございます。今日この場を無事迎えられたことは、私たちにとって非常にうれしいことであります。これもひとえに日ごろの皆様のご愛顧の……」

壇上では加賀谷が得意満面の表情で開会の挨拶をしている。

セミナールーム後方で会場の様子を見守る本郷に、隣に陣取っていた上原が小声で囁いた。

「加賀谷さん、ここぞとばかりにドヤ顔だね」

本郷はふっと鼻を鳴らした。

「こういう目立つ舞台は加賀谷さん大好物ですからね。３杯は飯いけるんじゃないでしょうか」

「現場にも恩恵あればいいんだけどね」

「それはどうですかね。僕が言っても暖簾に腕押しだとは思いますけど、上原さんだったら……」

本郷は途中まで言いかけて、胸ポケットからスマホを取り出した。着信らしい。

「スミマセン」

本郷は口の動きだけでそう上原に言うと、セミナールーム後方を埋め尽くす人混みの間を優雅にすり抜けて部屋の外に出ていった。

◆

細い道を抜けた先には、大きめの一軒家ほどの倉庫らしき建物があった。何万匹もの蛇がのたうち回っているかのようにツタが幾重にも絡みついていた。

「おいおい、こいつぁ……」

谷川がゴクリ、と唾を飲み込む音が聞こえた。

倉庫はかなり年代物のようで、ツタに覆われた木の外壁のところどころは朽ちてボロボロになっていた。建物全体が木立に囲まれており、窓ガラスには内側から木の板が打ち付けられていて中の様子がうかがえない。屋根のひさしに止まっているカラスが、じっと花たちを見据えているようだった。

「なんか、圧迫感ありますよね」

花の声は少しうわずった。

「とにかく岩田を探すぞ」

谷川が雑念を振り払うかのように頭を振って建物に向かっていくので、花も慌ててあとに続いた。

「工場長、これ……」

倉庫の入り口にたどり着いた花は、ドア付近のツタを谷川につまんで見せた。

「このあたりのツタだけ切れてます。おまけに切り口が比較的新しそうです」

「そうだな。最近、誰かがここに出入りしたってことか」

谷川の表情が強張っているのを見て、花は無理やり笑顔をつくった。

「あー。工場長、もしかしてこういう雰囲気、苦手ですか」

花に茶化された谷川は、顔を赤らめつつ目をむいた。

「なにい？　そんなことねえって！　ただちょっと気味悪いなって……」

「そう、そうですよね！　はは、は……」

二人の間に気まずい沈黙が漂った。

「さて、じゃあ入るか」

「はい」

再び沈黙が訪れる。

「レディーファース……」

「けっこうです」

花にぴしゃりと言われた谷川は、「だよな」と言って意を決してドアノブを捻った。

倉庫の中は、いつからあるのかわからない古びた木箱や段ボール、壊れた椅子や錆びだらけの梯子などで雑然としていた。

「誰もいないみたいだな」

「そうです、ねえっ！」

あたりを見回しながら倉庫に足を踏み入れた花が、何かに足を引っかけて派手に転んだ。

「大丈夫か、花ちゃんよ。お手本みたいにきれいに転んだな」

「いたたた。膝すりむいちゃいましたよー」

花が顔をしかめながら足を取られたところを振り向くと、床に敷かれたカーペットがめくれ上がっていた。

「もう！　このカーペット！」

悪態をつく花をよそ目に、カーペットを敷き直そうとしていた谷川が動きを止めた。

「お、なんだこりゃ」

「どうしたんですか」

まだ涙目の花がようやく立ち上がると、谷川は床を指さした。

「扉だ。床に扉がある」

「本当ですね。てことはこのカーペット、扉を隠していたってことでしょうか」

「床下収納か？」

谷川が扉を引き上げてみると、梯子が下に延びていた。

「降りた先は通路になってる。なんだこりゃ」

花が、ハッと気づいてベルに話しかけた。

「ベル、この倉庫、昔はなんだったのかな」

ベルの反応が返ってくるまで、少し時間がかかった。

〈検索完了。このあたりは戦時中、防空壕と貯水槽だったようです。戦争が終わり、防空壕を活かして倉庫がつくられ、神社が建てられました〉

花と谷川は顔を見合わせて頷いた。

「なるほど防空壕か。地下で爆撃をやり過ごしていたってことだな」

「岩田さん、もしかしたらこの先にいたりして」

「確かめてみるか」

「ええ。行ってみましょう」

またしても沈黙が流れる。

「レディーファ……」

「けっこうです」

谷川はヘイッと返事をして梯子に手をかけた。

◆

カメラを構えた集団が、上原のあとを追ってぞろぞろと工場内を移動していた。

その後ろをついて歩く小向のヘルメットに備え付けられたイヤホンから、工場内の中央制御室にいる本郷の声が聞こえた。

「小向さん、天パで黒眼鏡のやつ、工場じゃなくて上原さん撮ってませんかね」

「どの人ですか」

小向は工場の作業員の安全確認システム「見守り君」を今回用にカスタマイズしていた。スマートグラスには超小型のカメラが取り付けてある。リアルタイムで中央制御室の本郷も画像を確認でき、ヘルメットに備え付けのイヤホンとマイクで会話も可能なのだった。

本郷に言われて群衆に目を凝らす小向の視覚に突然緑色の矢印が現れ、一人の男性の頭上で止まった。矢印は男を追尾し、ピタリ頭上について回っている。

「この人です」

小向がよくその男の行動を見てみると、確かに肩に背負ったカメラの方向が微妙にほかのプレス関係者のそれと異なっているように思えた。執拗に上原を追っているように見える。

「プロフィール出せます？」

小向がカメラ越しに本郷に言うと、「ただいま」と本郷が答え、ほどなくして小向のスマートグラスの視界に入館時に配布した腕章に紐づけてあった男の情報が映し出された。

「まっとうな出版社のカメラマンっぽいですけどね。上原さん映えるから絵がほしいんじゃないですか」

「ですかね。すみません、お騒がせして」

「いやいや。不測の事態発生防止も我々の重要なミッションだから。気にしすぎるくらいでちょうどいいですよ」

「わかりました」と本郷が言うと、男の頭上から矢印が消えた。

「小向さん冷静で助かりますよ。谷川さんだったらいきなり胸倉つかまえてるかもしれませんからね」

「はは。あの人顔はおっかないけど、案外我慢強いところあるからね。それはないですよ」

「んー、ま、そうですかね」

上原の説明が一段落したのか、集団が次のポイントに向かって動き始めた。

「さて、お仕事に戻りますか」

小向は人差し指で、スマートグラスを上げ、集団のあとを追った。

◆

通路に降り立った花は、床下に広がる空間が思いのほか広いことに驚いた。通路の床から天井は、工場のオフィスフロアと同じか、それを少し超えるくらいの高さがあり、周りの壁はコンクリートで補強されていた。天井にはだいたい2メートル間隔で蛍光灯が取り付けてあり、天井近くの壁には太いのと細いので対になったパイプが張り巡らされていた。青白い光で点々と照らされた通路はかなり先まで続いていて、倉庫の床から外の敷地にまで延びているようだった。

「防空壕だったころから、少し手が加わってるみたいですね」

「だな。電力もしっかり供給されている。このパイプはどこに何を供給しているんだ?」

谷川はいつの間にかスマホを手にしており、あたりの様子を撮影していた。

奥に進むと、十字路が現れた。先を進む谷川が右に曲がったので、花も続いた。

さらに少し進むと、通路の右手にドアが見える。谷川がドアノブに手をかけて言った。

「鍵がかかってるな」

思いのほか廊下に反響するからか、声色を低く抑えているようだった。

錆びだらけのそのドアに目を走らせた花だったが、ドアの真ん中あたりの錆びの形に目が留まった。形が一輪のバラを連想させたのだった。

スマホで写真に収めておこうかという考えが少し頭をよぎったが、谷川が先に進み始めていたので花は慌てて追いかける。

二人が先に進むにつれ、さらに十字路や丁字路がいくつか現れたので、来た道がわからなくならないように、花がスマホで曲がり角の景色を撮影し、アプリで写真に矢印を書き込みながら進むことにした。

「工場長、なんか迷路みたいですね」

「ああ、こりゃ方向感覚失うと大変だぞ。って、あれドアだな」

谷川が指さした先を見ると、錆び一つない、見るからに新しそうなドアが見えた。

谷川がドアノブを回すと、あっけなくカチャリと音がしてドアが開いた。隙間から中の様子をうかがったが、人影はないようだ。

「工場長、お先にどうぞ」

花が囁くと、谷川は観念したように頷き、中に入っていった。

◆

「お疲れ様でーす」

興奮のためか、頬を上気させた上原が中央制御室に戻ってきた。

「おお、お疲れ様」

「上原さん、カッコよかったですー」

中央制御室の面々が、上原に次々とねぎらいの声をかけた。

近くの席にフワッと腰を下ろした上原に、本郷もほほえみかけた。

「いやー大活躍でしたね」

「いやいや緊張したよー。2、3回噛んじゃった」

そう言うと、上原はペットボトルのお茶のキャップを取り、豪快に喉に流し込んだ。

「ああ、ビール飲みたい」

「ふふふ。それはあとのお楽しみってことで。とりあえず上原さんの見せ場はいったん終了ですね」

「そーね。お次は本郷くんのお手並み拝見ですよー」

上原はニヤニヤしながら人差し指で本郷の脇腹を突いた。

「あう。手元が狂うのでやめて……」

「午後の原材料自動配送システムだっけ？　皆の目の前でトラック走らせるんだよね」

「ええ。原材料の積み込みから配送、荷下ろしまですべて自動化で行っているのをお見せするデモですね」

「そっかそっか。準備は万端？」

上原の問いかけに、本郷はさわやかな笑顔で返した。

「ええ。すべて順調です」

◆

「こりゃいったい……」

谷川が手にしたスマホを掲げ、部屋の様子をぐるりと撮影しながら呟いた。

「何かを検討していたみたいですね。計画していたと言ったほうがいいかもですが」

花もあたりを見回しながら答えた。

部屋の壁一面に何かの設計図や地図、顔写真などがところ狭しと貼られている。

花は顔を近付けて、乱雑に貼られた何枚もの顔写真に目を走らせた。と、ある1枚の写真で花の目が留まる。

「あれ。この人……」

「ん？　どした？」

谷川も横から写真をのぞき込んだ。見覚えのある人物が大写しになっている。

「ん？　これは県知事か？　今日のデモにも来てるだろ」

老眼の目を細めながら写真との距離を四苦八苦して微調整している谷川を尻目に、花はほかの資料にもざっと目を走らせると、また見覚えのある物が目に留まり、あっと声を上げた。

「工場長、これ仙台工場の見取り図ですよ！」

「本当だ。書き込んであるこの矢印はなんなんだ」

ペンで描かれた矢印が無数に書きなぐられている。

矢印は工場の入り口から始まり、セミナールームを経由してぐるりと工場の中をひとしきり通り過ぎ、セミナールームに戻ると外のロータリーの一画で止まっていた。矢印の終端にはバツ印が書かれている。

花はバツ印に触れながら首を捻った。

「ここ、何かありましたっけ……」

「ふむ」とあごひげをなでながら谷川も記憶をたどった。

「いや。その場所には特に何もないな。単なる広場……いや、待てよ」

谷川がハッと何かに気づき、花と顔を合わせた。

「今日だ。今日だけそこにデモの参加者用のテントが張られる」

花の胸に、不安がむくむくと頭をもたげてきた。

「それって、原材料自動配送システムのデモンストレーション用ですか」

「そうだ。原材料を積み込んだ無人のトラックを見学してもらうことになっている」

花はスマホを取り出した。

「なんだろう……なんだか嫌な予感がします。本郷さんに連絡しましょう。工場長もここで撮った動画を転送してください」

「わかった。って、あれ？」

谷川が素っ頓狂な声を上げてスマホをのぞき込んだ。

「圏外になってら。変だな。さっきまでアンテナ元気だったのに」

「本当ですか？　ベル、本郷さんに電話かけて」

〈申し訳ございませんが、圏外です。現在オフラインモードで稼働中です。電波の届くエリアに入り次第、自動的にオンラインモードに切り替えます〉

花がため息をついて谷川を見ると、谷川は軽く首を捻った。

「この部屋、電波が悪いんかな。とりあえず外の誰かに連絡しよう」

花と谷川は頷きあって、部屋の様子を振り返りつつドアを開けて外に出た。元来た通路を戻ろうとした瞬間、花は通路の少し先に異様な物体があるのを見て小さく悲鳴を上げた。

谷川も遅れて花の視線の先の物体に気づき、「なんだありゃ」と声を上げた。

その「物体」は角が丸みを帯びた長方形を横にしたような形で、移動のためか逆関節型の４本の脚が付いていた。暗闇から抜け出てきたように光沢のある黒で全体が塗られており、その大きさも相まってどことなく大型のドーベルマンを思わせた。ひと際目立つのは背中に生えているアンテナで、開いた傘のようなそれが、花と谷川にピタリと照準を合わせているようだった。

次の瞬間、そのアンテナがさらに広がり、何かをチャージするような音がし始めたので、花は本能的に危険を感じ取った。

「工場長、逃げましょう！」

「おう！」

花は反転して物体に背を向け、通路の奥に走って逃げようとしたが、突然背中に耐え難い激痛を感じ、のけぞってその場に倒れた。

「きゃあああああ！」

「ぐあああ！」

谷川も倒れ、身体を反らせてのたうち回っている。

「背中、背中どうなってる！」

花が谷川の背中に目をやる。

「背中……どうにもなってません。私はどうですか」

「いや、特に何も。でもさっきの焼けるような痛みは……」

再び何かをチャージするような音が聞こえ、花は物体のほうを見やった。

物体は4本の脚でゆっくり移動してきながら、アンテナをこちらに向けている。

「あれ、なんか動いて……きゃああ！」

今度は顔を含む上半身に火で焼かれたような激痛が走り、花ははじかれたように倒れ込んだ。反射的に顔を手で覆ったが、手の感触からは皮膚には特に異常はないようだった。でも、あの焼けたような感覚は……。苦痛に悶えつつ混乱する花の近くで聞き覚えのある声がした。

「最も苦痛を伴う死に方は、なんだか知ってるか」

花は涙が滲む目を声の主のほうに向けた。

「い、岩田……さん」

「岩田！　てめえこんなところで何やってる」

岩田は谷川の問いには答えずに続けた。

「最も苦痛を伴う死に方。それは『焼死』といわれている。皮膚というバリアーを高熱で破られ、剝き出しの痛覚神経が直に火であぶられるからね」

「あのヘンテコな機械野郎は、火炎でも放射してるってのか！」

顔を真っ赤に染め上げ、壁に手をついて立ち上がろうとしている谷川に、岩田は仰々しく両手を広げてほほえんだ。

「『機械野郎』ではなく、ちゃんと彼には『ティンダロス』という名前があるので以後お見知りおきを。ついでに言うと、彼が使うのは時代遅れの火炎放射機ではなく、ＡＤＳ、つまりアクティブ・ディナイアル・システム」

「アクティ……なんだそりゃあ！」

なんとか立ち上がり、岩田に向かって突進しようと身構えた谷川だったが、岩田が鋭く、「ティンダロス撃て」と言うと、再び谷川が悲鳴を上げて倒れ込んだ。

岩田がわざとらしくため息をついた。

「やれやれ谷川さん、この際言いますが、あなた、人の話、最後まで聞いたほうがいいですよ。ADSは米軍が開発した非殺傷型の電磁波兵器で、特定の周波数の強力な電磁波をターゲットに照射するんです。電磁波は皮膚のすぐ下くらいまでしか届かないので火傷を負うことはないのですが、かなり不快感を与えることができます」

岩田はそこまで言うと、クスクスと笑った。

「まあ、ティンダロスのADSはちょいと強力にしてありますので、『不快感』というレベルではないのかもしれませんけどね」

「岩田さん、なんでこんなことを……。デモで何をする気なんですか！」

花が叫ぶと、岩田はあからさまに気の毒そうな顔をつくった。

「橋本さん、知ってしまったんですね。かわいそうに。谷川さんはさておき、あなたももう日の光を見ることがなくなってしまうなんて」

花は目の前にいる岩田が自分の知る岩田と同じ人間だとは思えなかった。この場所にいること、見聞きしたもの、すべてが悪い夢のようで現実とは思えなかった。

「通路でお話しするのもなんですから、ちょっと移動しましょう。暴れられると面倒なので、少し大人しくしててもらいますね」

岩田が喋り終わると、花は鼻と口に布をあてがわれた。薬品のつんとした臭いを感じた次の瞬間、花の意識は遠のいていった。

◆

「谷川さん、連絡つかないんですか」

本郷が上原に聞くと、上原は口をへの字に曲げつつ頷いた。

「携帯に連絡しても、『電波が通じないところにいるか電源が入ってません』って言われちゃうって」

「仕方ないですね。何かあった場合は僕たちでフォローしましょう」

「まったくもう……。飲みすぎてどっかで倒れてるんじゃない」

「もういいです。そろそろデモが始まります。念のためもう一回だけ流れを全員で確認しましょう」

メンバーが集まると、本郷は手順書を手にデモの流れをひととおり読み上げた。

工場内の倉庫を仮想的に原材料メーカー敷地に見立て、ここで作業用ロボットやドローンが原材料を自動運転のトラック5台に搭載。トラックは倉庫を出発し、工場敷地内をあらかじめ指定されたルートを通ってまた別の倉庫に配送し、ロボットとドローンが原材料を降ろす。デモの参加者はトラックの動きとタイミングを合わせ、出発点の倉庫、工場のロータリー、到着点の倉庫で全行程が無人で行われるのを見学する、というものだった。

「知ってのとおり、今日はメディアでほぼ同時中継でデモの様子が配信されます。些細なミスでも工場やシステムの品質、信頼性を大きく損なう可能性があります。準備は万端だとは思いますが、何かあればどんな小さなことでもいいから私か上原さんまで報告してください。以上です」

本郷の言葉が終わると、メンバーらは緊張の面持ちで各自の持ち場に戻っていった。

「上原さん、少しここを頼めますか。ちょっと小向さんに報告が必要なことがあって」

「ああ、オッケー」

上原が指で丸印を作ると、本郷は部屋から出ていった。

◆

「……きろ。花ちゃんよ。起きろ」

自分を呼ぶ声が遠くでしたかと思うと、水中から浮かび上がるように花の意識が戻ってきた。まるでくっついてしまったかのように重い瞼をなんとか開けると、こちらを心配そうにのぞき込む谷川と目が合った。谷川の顔が横向きなのはなぜかといぶかったが、なんのことはない、花自身が横たわっていたのだった。

徐々に身体の自由が戻ってきたが、手首と足首の自由が利かないのは、ロープのようなもので縛られていたからだった。外そうと力を入れてみたが、緩む感じはしない。ロープが皮膚に食い込んで鈍い痛みが走ったので、ため息をついて花は諦めた。

自由の利かない両手を支えにして身を起こそうとしたが、谷川が鋭い声で花を止めた。

「待て。やつが見てる」

谷川があごで指し示すほうを見ると、廊下で鉢合わせた例のマシンがいた。岩田が「ティンダロス」と言っていたものだ。

「一定の速度以上で動くと、例の電磁波を浴びせてくる。ゆっくりだ。太極拳の動きのようにゆっくり動くんだ」

花は谷川に従いゆっくりと身を起こした。両手両足首を縛られているので、身体の前に手足を投げ出す形になった。谷川は花の近くで椅子に後ろ手で縛り付けられているようだ。

手元を見ると、花とは違い手首には手錠がかけられていた。

「ここは……あの部屋、ですか」

あたりを見回すと、見覚えのある工場の見取り図と顔写真が目に入った。

「ああ、どうやら気絶させられたあと連れてこられて、おまけにご丁寧に縛っていただいたようだ」

谷川が忌々し気に身をゆすったが、ティンダロスが身構えるのを見て、「おっと」と言って動きを止めた。

「岩田……さんはどこへ？」

この状況下で岩田を「さん」付けするのはどうかとも思ったが、呼び捨てにするのも違和感があった。

「電話をかけるために部屋の外に出た。こいつの周りは妨害電波が出てるようだ」

「ティンダロス……。私たちが攻撃を受けたのも電磁波でしたね」

「ああ。こいつはさながら、電磁波を操る忠実な番犬ってところらしいな」

「番犬……」

花はちらりとティンダロスに目をやったが、機械とは思えぬ禍々しい重圧に気おされ、すぐ視線を逸らした。すると突然緊張の糸が切れ、堰を切ったように吐き気を催す恐怖感と後悔の念が胸の奥底からこみ上げてきた。まもなくそれは涙と嗚咽となり、花は声を殺して泣いた。

「お、おいおい泣くな、花ちゃんよ」

「す、すみません。私、私……」

「花！」

花ははっと谷川のほうを見やった。

「諦めるな。終わっちゃいない。必ずチャンスは来る」

谷川は額に汗を浮かべ、服は乱れてボロボロだったが、目の光はまだ生きていた。希望を捨てていない目だ。花はこみ上げる感情をむりやり閉じ込めるように、ごくりとつばを飲み込んだ。

「そこの机の脇、書類の束にクリップが見えるか」

花は少し首を伸ばし、谷川の視線を追った。机の上には書類が乱雑に山積みになっており、少しはみ出た書類の一つに、クリップが挟んである。

「昔、マジシャンやってた子と付き合ってたことがあって、クリップで手錠を外す技を教えてもらったことがある。大昔のことだが、もしかしたらいけるかもしれん。俺は椅子に縛られててそこまでは行けなさそうだ。取れるか」

「工場長、マジシャンの彼女が……」

「その話はここを出たらゆっくりしてやる。今はクリップを手に入れることに集中」

「わかりました。けどあいつが……」

花はティンダロスをちらりと見た。

谷川もティンダロスを睨み付ける。

「岩田はこの部屋を出るとき、『変な動きを見せたら撃て』と命令していた。番犬はそれを『一定の閾値を超える速度の動きを感知したら撃つ』と解釈している可能性が高い」

「なんで工場長、そんなこと知って……あ」

「ああ、そのとおりだ。いろいろ試したのさ。おかげさまで痛みがやみつきになりそうだ」

花は少し前に全身を貫いた激痛を思い出し、身震いした。この痛みがやみつきになるなど信じられなかった。自分を安心させようと虚勢を張っているのだろうと思い、言葉には出さなかったが、花は谷川に感謝した。

花はすかさず行動を開始した。目の端でティンダロスをとらえつつ、匍匐前進の姿勢で机のほうに向かった。

「工場長、岩田さんは何分くらい前に出ていきました？」

「もう10分は経つ。いつ戻ってきてもおかしくない。花、急いでくれ」

「さっきゆっくり動けって言ったじゃないですかっ！」

花はゆっくり動きつつ、谷川をきっと睨み付けた。

「いや、それは言葉のあやってやつで……。とにかく、ゆっくり急いでくれ！」

「わかりましたよ！」

少しでも急ごうとするとティンダロスが反応する。花ははやる気持ちを抑えつつ、ゆっくり、確実に机に向かって這っていった。

とうとう机の下にたどり着くと、花は机に身体を預け、両手をゆっくり伸ばして書類を山から引き抜きにかかった。書類は山のちょうど真ん中くらいにある。花は山を崩さないようにそろそろと書類を引き出していった。途中で谷川と目が合うと、谷川はその調子、とでもいうように深く頷いた。

書類を山から引き抜くまであとほんのわずかというところで、部屋のドアノブが回る音がした。岩田だ。次の瞬間には部屋に入ってくる。そこからの一連の動作は一瞬のうちに行われた。

花は谷川と目を合わせた。

「岩田ぁ！　この野郎！」

谷川は突如叫びながら、椅子に縛られたまま暴れ始めた。ティンダロスが谷川に照準を定めた。岩田が部屋に入ってくるのとADSの攻撃を受けた谷川が悲鳴を上げて椅子ごと横倒しになるのはほぼ同時だった。谷川は花に背を向ける体勢で倒れたので、手錠がかかった谷川の両手が見える。距離にして約2メートル。

「ティンダロス！　もういい！」

岩田の注意がティンダロスに逸れた。ここだ。花は意を決して書類からクリップを引き抜くと口に含み、2メートル先の谷川の手にめがけてプッと吹いた。次の瞬間、花の全身を焼け付く痛みが貫き、花は悲鳴を上げて反射的に身体を反らせて硬直した。花の動きにティンダロスが反応したのだ。

クリップは谷川に届いたのか。花は痛みのなか、谷川の様子を見ようと身をねじったが、岩田にぐいと身体を起こされ、谷川から少し離れた場所の椅子に座らされた。

「やあ、お姫様。お目覚めですか」

花は岩田をきっと見据えると、谷川に目を移した。ちょうど両手が見えない角度なので、クリップが届いたかどうかはわからない。

「谷川さんの様子が気になりますかね。何、かなり痛いですが死ぬことはないですよ。心臓に持病とかなければ、ですけどね」

「あなた、狂ってる」

「今ごろ気づきましたか」

「私たちをどうする気？」

岩田はそれには答えず、床に横倒しになっている谷川を起こすと、花の横に据えた。谷川は転んだときに打ち付けたのか、頭から少し出血しているようだ。目を閉じてがっくりうなだれている。

「おやおや。谷川さん、居眠りですか。まあもうお歳だから仕方ないですよね」

岩田はそう言うと、部屋の入り口付近の床から鈍い銀色のアタッシェケースを拾い上げ、机の上に置いた。部屋に入るときに持ち込んできたもののようだ。

「先ほど本部での緊急審議が完了しましてね。消去とのご判断でした」

「本部？　消去？」

「おっと。少し口を滑らせたかな。まあいい。どうせ君たちはこの場所と一緒に跡形もなく吹き飛ぶのですからね」

岩田がアタッシェケースを開くと、中から何かの薬品が入っている瓶と注射器を取り出した。見ると、ケースの中にはメスのようなものやノコギリのような形をしたものがずらりと並んでいる。

花は何に使うのか想像して、思わず身震いした。

「これを打つと、次第に身体が麻痺していきます。まずは手足、次いで消化器系、このころになるとまばたきや嚥下などの動きも緩慢になります。そして呼吸器系が止まり、最後に心臓が停止します。なに、苦しいのは少しの間ですよ」

「やめて。私の知ってる岩田さんはこんなことをする人じゃない……」

「僕もこんなことをするのは本意じゃない。仕方ないんですよ」

「なぜ？　こうまでする理由を教えて」

岩田は手を止め、花をじっと見据えた。花も真正面から視線を受け止め返す。岩田はふっと息をはいた。

「やれやれ。わかりましたよ。納得しないまま死なれて、あとで枕元でしつこく問いただされたくないですしね」

　岩田は机の上に腰かけた。

「きっかけはギャンブルでした。最初はたしなみ程度の趣味だったんですがね。あるとき、知人に『マンションポーカー』に誘われたんです。まあ、簡単にいえば、やばい組織が運営するアングラな賭けポーカーですよ。まあやばいとはわかっていたんですが、高レートのギャンブルのひりつくような緊張感ってのを体験したくてね。つい参加してみたのが運命の分かれ道でした。とんでもない借金ができましてね。頭抱えてたところに助け船を出してくれた人がいたんですよ。借金、肩代わりしてくれまして。その代わりに、いろいろと協力させられましてね。気づくとどっぷり組織の一員になってました。これで満足しましたかね？」

「組織って何？　目的は？　デモで何をしようとしてるの？」

「そこは踏み込みすぎです、橋本さん。残念ながら黙秘権を行使させていただきます」

岩田は「さて」と言って机から降り立つと、薬品の入った注射針を構えた。

「年功序列にします？　それともレディーファースト？」

「ふざけないで！」

岩田は肩を竦めた。

「わかりました。令和ですし、ここは欧米方式でいきましょう。では」

岩田はそう言うと、花の首筋に注射器を近付けた。

「やめて！」

花はぎゅっと目を閉じて顔を岩田からそむけた。いつか必ず訪れると知りながら、まだそれは遠い未来にいるはずだったもの。「死」の冷たい現実が、首の薄い皮膚のすぐ近くまで迫ってきているのだ。「誰か、助けて……」と、花は誰にともなしに祈った。

しばらく経っても首筋に何も感じないので、恐る恐る薄目を開けた瞬間、驚きの色を隠せない岩田の叫び声が聞こえた。

「なに！」

見ると、花の横から手が伸び、注射器を持つ岩田の手首をがっしりとつかんでいた。

「工場長ぉぉ！」

花は安堵のあまり半泣きになりながら叫んだ。クリップは谷川に届いていたのだ。

「よお、お待たせ」

谷川は花にニヤッと笑うと、岩田を鬼のような顔で睨み付けた。

「さあ、悪い子にお仕置きの時間だ」

「ティンダロス！　撃て」

だが、谷川の動きは素早かった。すさまじい腕力で岩田を引き寄せると、羽交い絞めにしてティンダロスへの盾にした。

「あ、ちょ、ティンダロス、やめ……」

岩田のティンダロスへの命令は間に合わず、ＡＤＳの電磁波が岩田を直撃した。岩田が目をむいて悲鳴を上げた。

谷川は続いて注射器を奪い取り、岩田の首筋に刺した。

「これで王手だぜ、坊や。その機械野郎の動きを止めろや」

岩田が恨めし気な顔で何やらブツブツ呟いているので、谷川は注射器を持つ手にぐいと力を入れた。

「早くしろ、これ押し込んじまうぞ、オラ！」

「わかった！　わかったから……。ティンダロス、シャットダウン」

岩田の命令が届いたのか、ティンダロスは脚を折りたたんでその場に座り込み、ピクリとも動かなくなった。

「これでいいだろ！　針を抜いてくれよ！」

「まだだ。おい、花ちゃんよ。こいつが持ってきたカバンの中にいろいろ切れ味が鋭そうなブツがあるだろう。それでアンタと俺の拘束外してくれ」

花はこくりと頷くと、両足首が固定されているので飛び跳ねて岩田のカバンに近付き、メスを取り出すと、自分と谷川の拘束を解いた。

「よし、じゃあ、あんたを縛ってた紐でこいつの手首と足首を固定しよう」

花は、首筋に注射針を突き立てられ、借りてきた猫のように大人しくなった岩田の手首と足首を縛り、椅子に座らせた。

「さあ、だんだん麻痺して死にたくなければ、洗いざらい喋ってもらおうか。お前、いや、お前たち、デモでいったい何をしようとしてる。何が目的だ」

岩田が口を開いて何か言おうとしたが、谷川はあごで注射器を持つ手のほうを指してすごんだ。

「嘘ついたら、わかってんだろうな」

「わかってる！　わかってるが、首を突っ込むと大変なことに……」

「うるせえ！　とっとと喋りやがれ！」

谷川の有無を言わさぬ剣幕に、岩田は谷川を睨み付けながら話を始めた。

「組織の目的はデモの失敗だ。マスコミの目の前でデモを派手に失敗させてやるのさ」

「なぜだ。なぜそんなことを。いや、まずは何をするつもりか教えてもらおう。理由はあとでゆっくり聞かせてもらう」

岩田は少し離れた机の上にある端末を指さして、「あれだ」と言った。

花が端末の前に座り、立ち上げる。ＩＤとパスワードを入力する画面が出たので、谷川が岩田から聞き出し、それを花が打ち込んだ。

「工場長、この端末、原材料自動配送システムにログインしてます」

「なに！　なんでそんなことできるんだ！　工場の外からシステムにはログインできないんじゃないのか？」

「たぶん……バックドアです」

「バック……なんだそりゃ！」

「システムに裏から侵入する経路のことです」

「なんでそんな物騒なもんがあるんだ」

「わかりません。セキュリティに手を加えないとこんなもの……あ」

花の脳裏に閃くものがあった。

「セキュリティ対応……。岩田さんに手伝ってもらったタイミングがあります」

花と谷川の視線が岩田に注がれる。岩田は決まり悪そうに目を逸らした。

谷川がツカツカと岩田に歩み寄り、胸倉をつかみ上げた。

「言え。何を企んでやがる！」

岩田は観念したような表情で口を開いた。

◆

「よし。積み込みは完了。まもなくトラックが出発するので、こちらロータリーの見学席に移動します」

見学者の一行を先導する上原から本郷に連絡が入った。

「了解です。トラック到着までには見学席に全員到着するように先導頼みます」

「オッケー、任せといて。見せ場だからね」

「ああ、そのとおり。しっかり配信もしてもらわなきゃ」

本郷はじっとり汗で湿った手を揉み合わせた。

◆

「なにぃ！　トラックを直進させるだぁ⁉」

谷川が思わず声を荒らげた。

端末を調べる花が声をうわずらせる。

「本当だ。原材料を搭載したあと、トラックのルートが上書きされるようになっている。トラックは見学席の手前で曲がらず、そのまま見学席に突っ込む」

「んなことになったら、大惨事じゃねえか！」

「見学者は直前でトラックが曲がると思っているので、避け切れないかもしれない。命にも関わる……」

「今、デモはどうなってる？　トラックは動いてんのか？」

「あ、なんてこと。今さっき出発してしまっています！」

「すぐ止めろ！」

花が必死の表情で端末を操作する。

「だめです！　トラックを止めるには管理者権限が必要で、この端末からは無理です！」

「管理者権限……本郷だな。すぐに電話だ！」

谷川の声に、花がスマホに飛びついた。谷川は岩田を抑え込むために両手が空かず、汗だくの顔で花の様子を見守っている。

「だめです。本郷さんも本郷さんの近くにいそうな人も電話に出ません。たぶんデモが始まってしまってるから。メッセージは送りましたが見る暇があるかどうか」

「くっそ。お前、なんとかしろ！」

谷川は血走った目で岩田を恫喝し、少し注射器の中身を岩田の首筋に押し込んだ。

「ああ、やめてくれ！　その端末の権限で、ルートは変えられるから！」

「ルート……本当だ。これでトラックの進路を元どおりにすれば……」

花はトラックの進行状況をディスプレイでちらりと確認した。恐らく見学席まであと数分で到達する、とあたりを付けた。端末を操作する指が震え、何度も打ち損なう。心臓が口から飛び出そうだ。花は気持ちを落ち着かせようと、いったん目を閉じて深呼吸し、再び端末に向かった。

「よし、なんとかできました！　あとは変更を反映させるのが間に合うか……」

花の目の前の端末のディスプレイには、ルート変更処理の進行具合を示すバーが示されていた。白いバーが左から右に青色で変わっていき、すべて青に変わればルート変更が完了するはずだが、まだ青色に変わった部分はわずかで、ジリジリと右に向かって伸びている。バーがピタリと止まったのを見て、花は思わず机を平手打ちした。

「もう！　早くしてよ！」

「おい、大丈夫かよ……」

谷川が焦る花を心配そうに見つめていた。

◆

「こちら見学席、スタンバイ、オッケーでーす」

ヘッドセットのマイク越しに、上原は見学席に全員到着したことを中央制御室に告げた。

時間ピッタリ、予定どおり。相変わらずチラチラ自分を撮ってくる天パのキモ男はうざったかったが、そこはプロとして飛び切りの笑顔を振りまいておいた。

「了解です。まもなくトラック到着します」

本郷の声が聞こえると、倉庫の方角からトラックがやってきた。見栄えがいいだろうということで、10トントラックが選ばれたこともあり、見るからに重量がありそうだった。

各メディアのカメラマンが、これまた迫力のある長いレンズのカメラを構え、一斉射撃のようにシャッターを切り始めた。

トラックはロータリーを回り込み、真っすぐ見学席に向かってきた。遠くからでも迫力があったが、視界の中で大きくなってくるトラックは相当な威圧感だ。

「あれ。こんなスピード出てたっけ」

上原は違和感を覚えて、思わず呟いた。リハーサルで見たときより、少し速い気がしたのだ。

トラックがますます大きくなってくる。減速する気配はない。

「え、これ大丈夫……だよね」

上原は思わず拳を握りしめた。

と、トラックが急減速した。スピードが落ち切らないうちに曲がり始めたので、慣性に耐え切れず少し車体が傾いた。

見学者たちの間から、驚きの声が上がる。トラックが横倒しになったら……上原の頭の中に最悪のイメージがよぎった。潰れる。潰される。

だが、トラックはぎりぎり体勢を維持し、見学者たちの目の前で曲がり切った。

ほっと力が抜けた上原だったが、会場がどよめいているのを見て、さっと彼らの前に飛び出た。

「はいー、どうでしたでしょうか。ちょっとハラハラする演出はありましたが、完全にコントロールされた動きですので問題ございません。では次に参りましょう！」

とびっきりの作り笑いで移動を促す上原だったが、まだ心臓が早鐘のように打っていた。

「本郷、あとでコロす」

上原は誰にも聞こえないようにぼそっと呟いた。

◆

「ま、間に合った」

端末の前で、力が抜けた花が椅子に身体を預ける。

谷川もほっと肩を落としたが、厳しい顔で岩田に向き直った。

「これで計画は阻止したな。お前さっき『組織』と言ったな。どんな組織なんだ？　え？」

岩田はどろりと濁ったうつろな目で谷川を見つめた。計画が失敗したせいもあるだろうが、谷川に少し打ち込まれた薬の影響が大きいようだった。

「これで僕はおしまいだ。もう、どうでもいい。話すよ。『組織』。彼らは自分たちを『ゲートキーパー』と呼んでいる」

横から花が口を挟んだ。

「ゲートキーパー……門番？　いったい何を守ろうっていうんですか」

「組織が守ろうとしているもの。それは人間社会そのもの。人工知能の発達により、やがて来るとされている、機械が人間を超える日の到来を阻止するのが目的だ」

「聞いたことがあるぞ。『シンクロニシティ』だな」

「……『シンギュラリティ』ですね」

花が訂正する。

「技術の発達は日々進んでいる。それも、ものすごいスピードで。全世界的に。直接的に技術の発達を阻止する方法ではもう間に合わない。そこでゲートキーパーは人々の意識に訴えることにした。人工知能が蔓延し、機械に主導権を握られる世界の危うさについて」

「それで、デモをメディアの目の前で失敗させようと？　そんなことで人々の意識は変わらない」

毅然と言う花に、岩田は力なくふっと笑った。

「規則が生まれるのは、決まって災害が起きてからなのさ。客船に乗客全員が乗れる救命ボートが設置されたのは、タイタニック号が沈んだあと。海洋汚染に関する国際条約が発効されたのは、フランス沖で起きた大規模原油流出事故のあと。人々が目を覚ますには、『今そこにある危機』が必要なんだ。ゲートキーパーは人々の心に疑問の種を植える。そこに噂や口コミという栄養分を適切に与えてやれば、種は疑惑の芽となり、不信として成長する。いつしか怒りが実を結び、人々は怒りを正義感と使命感に変換し、行動を起こす」

「これは、組織のプロパガンダってことね」

「人類の未来への警鐘……ですよ」

岩田の顔色が青ざめてきた。呼吸がつらそうだ。薬の影響が出てきているようだった。

谷川が岩田の胸ポケットからスマホを取り出した。

「おい。パスワード教えろ。おい！」

岩田は朦朧としており、谷川の言葉に反応しない。

花は「ちょっと貸してください」と谷川からスマホを取り上げ、カメラを岩田のほうに向けるとロックが解除された。

「お、なんだそりゃ」

「顔認証ですよ。工場長、いい加減スマホ、買い替えたほうがいいです」

唸る谷川を尻目に、花はスマホの履歴を調べ始めた。

「直近でこの番号と何度もやり取りしてますね。ちょっとかけてみましょう」

花はスマホを耳に押し当てた。数回の着信音のあと、「もしもし」と男の声が聞こえてきて、花の全身に電流のような衝撃が走った。

「岩田？　どうした。なぜトラックの進路が変更した。組織の幹部が報告を求めている」

花は自分の世界がガラガラと崩れ落ちるのを感じていた。

「本郷……さん？」

電話の向こうの人物はしばらく押し黙ったあと、プツリと通話を切った。

「なに？　本郷だと？　普通にプロジェクトのことで連絡取り合ってただけだろ」

「いえ。トラックの進路変更のこと知ってました。組織って言葉も……」

花は呆然とした顔で谷川を見た。

「んな馬鹿な。信じられん」

次の瞬間、ティンダロスが突然起動し始めた。チャージ音が聞こえる。これまでよりチャージ時間が長いうえに、ティンダロスが奇妙に振動し始めている。何か違う、何か別のことをしようとしている、と花は思った。

谷川が焦って岩田を揺さぶる。

「岩田、おい岩田！　今すぐあいつを止めろ！」

「工場長、これ岩田さんの仕業じゃない！」

岩田は完全に白目をむいている。

「恐らくですが、本郷さんじゃないかと……」

「助けを呼ぶんだ！」

花はスマホを取り出すのももどかしく、早口でベルに言った。

「ベル、110番！　警察に電話して！」

〈緊急連絡。警察の非常窓口を呼び出します〉

呼び出し音が鳴るか鳴らないかのうちに、電話口から女性の声が聞こえてきた。

「はい。こちら警……」

と、突然ティンダロスからすさまじい閃光がほとばしり、蛍光灯やディスプレイなど、ありとあらゆる機器の電源が一斉に落ちた。スマホもうんともすんとも言わない。ティンダロスの動作音もせず、部屋の中は暗闇と静寂で満ちた。

「なんじゃあ、こりゃあ！」

谷川の怒鳴り声が近くで聞こえる。花は努めて冷静を装って言った。

「これは、もしかしてＥＭＰってやつではないでしょうか」

「ＥＭＰ？　なんだ、そりゃ」

「はい。何かの本で読んだ記憶が。強力な電磁パルスを放射して、近くにある電子機器をすべて破壊する兵器だったような。ティンダロスは電磁波兵器を搭載していました。これはきっと、とっておきの一撃なのだと思います」

「だとして、本郷の狙いは……そうか」

少し冷静さを取り戻した谷川が、かすれた声で言った。

「そうです。証拠の隠滅だと思います」

谷川が何かを叩く音が聞こえた。岩田の頬を張っているのだ。

「おい！　起きろこの野郎！　いけすかねえ野郎だが、ここから出るぞ！」

「ん……！」

谷川の闘魂注入の効果か、岩田が意識を取り戻した声が聞こえた。

「そうか……。『スイープ』が始まったのか……」

「スイープ……一掃するってことですね。すべてのデータを消去して」

暗闇の中で、岩田の力ない笑い声がした。

「それだけじゃないさ。スイープは2段階で行われる。第1段階はＥＭＰによる電子的情報の消去」

「……第2段階は？」

少し間を空けて、岩田が低い声で答えた。

「物理的証拠の隠滅。すなわち、この施設の爆破だ」

◆

「本郷です」

【君には失望したよ。失敗するとはね。クイーンはご機嫌斜めだ】

「大変申し訳ございません。ですが、直接的には岩田が谷川と橋本の始末に失敗した……」

【言いわけはけっこうだ。この計画の責任者は君だろう】

「返す言葉もございません。この次は必ず成功させてみせます」

【君に次のチャンスが与えられるかは幹部会の結果次第だ。少なくとも君にはほとぼりが冷めるまで海外に飛んでもらう必要があるしな】

「……承知しました」

【まあいい。『始末屋』はすでに動き出している。まもなくそちらに着くころだろう。離脱の準備をしたまえ】

「はい。すでにスイープは発動してあります。痕跡は残しません」

【施設倒壊のカバーストーリーはガス爆発になるだろう。君が去る理由は適当に君自身でつくりたまえ】

「承知しました」

◆

「次はどっちだ！」

岩田を背負った谷川が怒鳴る。

「み、右だ。右へ曲がれ」

先を進む花は手にしたライターを掲げ、通路を照らしつつ谷川を先導する。ライターのオイルは残り少なく、ゆらゆらと頼りなげに揺れる炎が花たちの細い命綱なのだった。

岩田がヘビースモーカーの谷川からライターを取り上げ、持っていたのが幸いだった。

明かりのない暗闇の中、防空壕の出口に向かうのは至難の業だ。

「ちょ、ちょっとタンマ。一瞬休憩。こいつ、見かけによらず重くてよ……」

谷川が息を切らせて岩田を背中に乗せたままその場にしゃがみ込む。

「工場長、急がないと。もうあまり時間が……」

岩田によればスイープの第2段階、爆破および焼却が始まるのは時間にして約10分。すでにどのくらい時間を費やしたのだろうか。暗闇の中、狭い視界で焦燥感に駆られて進んでいると時間の感覚が麻痺してしまい、まだ数分しか経っていないようにも、もうすぐ10分経ってしまうようにも思えた。

「もういい。置いていってくれ」

岩田が弱々しい声で言った。花と谷川は岩田を見た。

「どうせ僕はもう終わってる。ここを出ても組織に始末されるだけだ。僕が足手まといになっては君らも助からない。だから、僕に構わず行ってくれ」

「岩田……」

「岩田さん……」

岩田は何かを悟ったような表情で頷いた。

「この先に十字路がある。真っすぐ行けば出口だ。急げ」

「岩田さぁん……」

花の両目から涙がこぼれた。ひどいことをした男だと頭ではわかっていたが、こんなことになる前の、花の記憶に焼き付いている優しい岩田の表情が頭をよぎった。

「花ちゃんよ、行こう」

谷川は花の肩を叩く。花はこくりと頷き、岩田に背を向けて歩き始めた。

しばらく進むうちに、二人はいつしか小走りになっていた。

「あれか、十字路。まっすぐだったな」

はい、と答えた花の目の端に映った何かが、意識と無意識の境界に引っかかった。

わずかな違和感。花はその正体を見極めようと、目の端にとらえたそれをしっかりと見据えた。

それは、古びたドアだった。通路の左側に錆びついたドアがある。花の脳内でじわりと広がりつつあった違和感が、そのドアの真ん中、バラの模様で焦点を結んだ。

「工場長、ちょっと待ってください」

花が突然立ち止まったので、谷川は急ブレーキをかけた。

「ななな、なんだよ。もう時間がない、急ぐぞ」

「このドア、この模様、見覚えがあるんです。ここに入って最初の十字路は右に曲がりました。そのすぐあと、通路の右側にドアがあって、これと同じ錆びの模様だったんです。今、この通路の左側にドアがある。ということは、出口に向かうにはこの十字路を左に行く必要があるんです」

「本当か、岩田は真っすぐって言ってたぞ」

「岩田さんの思い違いではないでしょうか。それか……」

花が恐ろしい可能性に気づくのと、奇声を発しながら暗闇から岩田が飛び出してくるのは同時だった。

「きえええええ！」

「なんだあ、こいつ！」

「きゃあああ！」

岩田は明かりを持つ花に飛びかかってきたので、思わず花はライターを取り落としてしまった。あたりが暗闇に包まれる。完全なる漆黒の闇の中、何かがぶつかる音と荒い息使いが聞こえる。谷川と岩田がもみ合っているのだろう。

「工場長、工場長！」

花は叫び続けるが、二人が争う音が響く。だがしばらくすると物音がやみ、何者かの荒い息遣いの音だけが残った。

「こ、工場長？」

答えはない。もしや工場長はやられて、岩田さんが……。

震える花の腕を、誰かががっしりつかんだ。

「ひゃあ！」

驚いた花は思わず悲鳴を上げて縮こまった。

「俺……だよ。あん…しん…しろ」

花は安堵のあまりその場にへたり込みそうになった。

「工場長ぉぉ」

「行くぞ。もう時間がない。壁を伝って左に曲がれば出口だろ。信じるぞ。俺が先に行くから肩をつかんでついてこい」

果たしてその先は出口だった。

花と谷川は梯子を上り、扉を開けて倉庫から出た。

途端、くぐもった爆発音とともに地響きがして、地面が沈下して倉庫が飲み込まれていった。

呆気に取られてその様子を見つめる花だったが、すぐに我に返り谷川に叫んだ。

「工場長！　急ぎましょう！　本郷さんに話を聞かないと！」

工場のほうに走り出しかけた花だったが、谷川がついてくる気配がないのに気づき振り返った。

「工場長？」

見ると、谷川は苦痛に顔を歪めて足を引きずっている。

「だめだ。無我夢中で気づかなかったが、岩田の野郎ともみ合ったときに足を捻っていたらしい。今ごろ痛み出してきやがった。俺はいいから先に行け！」

花は頷いて谷川の視線を受け止めると、工場を目指して駆け出した。

◆

本郷は工場の入り口で建屋のほうを振り返った。今ごろは加賀谷がまた得意満面で締めの挨拶をしているころだろう。

それにしても……本郷は建屋に背を向けて歩き出し、小向のお人好しそのものの顔を思い浮かべた。

実家の母親が交通事故にあったと切羽詰まったふうを装って説明したら、なんの疑いもなく「もうここは落ち着いたから、実家に帰ってあげてください」ときた。

本郷がいる世界では、一般的にいう道徳的な善人では生き延びることは難しい。目的を達成するためには友人や恋人、家族だけでなく、ときに自分さえも切り捨てる非情さが必要なのだ。

工場の入り口の門で、ふと本郷は立ち止まった。この門から外に出れば、もう二度と元には戻れない。任務の必要にかられてではあったが、プロジェクトの面々とのいわゆる普通の日常を思い出して心の奥底で何かがチクリと痛んだが、本郷は雑念を振り払うかのように頭を振って気持ちを切り替え、足を踏み出した。

「本郷さん」

声のほうを見やると、あちこち汚れ、髪は乱れ、頬を涙で濡らした花が立っていた。

「やあ。橋本さん。大変だったみたいだね」

「本郷さん、本当はいい人ですよね。岩田さんみたいに、無理やり組織に操られてるだけですよね」

花の問いかけに、本郷はふっと笑った。

「いいや。僕は望んで組織に加わったのさ。機械に主導権を握られず、人間が人間らしくある世界を維持するために」

「そのためだったら、何をしてもいいんですか！」

「必要であれば、手段は問わない。目標が大きければ大きいほど、その代償として支払わなければいけないものも大きくなる」

「そんな非道徳的なやり方で人間は変わらない。そんな方法で実現する未来なんてろくなもんじゃありません」

「甘いな、橋本さんは。この世には白も黒もない。あるのは濃淡のある灰色だけ。道徳なんてものは、自分は白い世界に住んでいると思い込んでいる平和ボケしたやつらの自己満足に過ぎない」

「本郷さん……いや。あなたたちの思想が理解できない。いずれ正義の裁きがくだる」

本郷はなんでもないことのように肩を竦めた。

「かもね。でも少なくとも今回ではないな。証拠はすべて消滅したし、『始末屋』も動き出してる。すべてのつじつまは無理やり合わされ、真実は氾濫する情報の洪水に飲み込まれて跡形もなく消えていくだろう」

本郷の近くに、黒塗りのセダンが止まった。

「さて、お別れだ。僕はもうここには戻らない。言っておくけど、僕を追ったり警察に通報したりしても無駄だよ。この世界には、人をなんの痕跡もなく消滅させられる権力ってのが存在するのさ」

「待って……」

花は本郷を乗せたセダンが走り去るのを見送るしかなかった。ナンバープレートに目を走らせたが、それが無駄に終わるであろうことはなぜか確信していた。

◆

アイアン・ソリューションズのオフィスから少し歩くと、陽気なサラリーマンが集まる居酒屋の激戦区、新橋がある。魚がおいしいと評判の和風居酒屋で、プロジェクトが一段落した花と香理奈の久しぶりの女子会が開催されていた。

初夏の日差しは日ごとに強さを増しつつあったが、暮れなずむころにそよぐ風は、心地よい爽やかさを運んでくる。まだ夕方の明るさが残るうちから、二人はジョッキのビールで喉を冷やした。

「今日のお店、随分渋いチョイスじゃない？」

「そうかな？　仙台に行ってから日本酒にはまっちゃって。このあたりは安くておいしいお店が多いんだよ」

「確かにリーズナブルだね。そうそう、テレビでセレモニーのニュース見たよ。すごかったね」

「ありがとう」

「あんな大きなトラックが自動運転で走るなんてね。なんかちょっと危なっかしかったけど」

「え、そうだった？　なんとか無事に終わってよかったよ。はい、これ仙台土産」

花は、まさか本当にトラックが来賓のお偉方にぶつかりそうだったなどとはとても言えず、お土産に話を逸らした。

「ありがとう！　開けていい？」

「もちろん」

「うわ、牛タン、おいしそう〜。こっちは笹かまぼこ？　なんかお土産も激渋じゃない？」

「いやいや定番でしょ」

そこへ店員がお通しのそらまめを持ってやってきた。

「オーダーはお決まりですか」

「花、どうする？」

「えーと、お刺身盛り合わせ、大根と貝柱のサラダ、あとはアジフライ、でいいかな？」

「あ、うん。それで」

香理奈が少し驚きながらも同意する。

「かしこまりました。オーダーいただきました〜」

店員は大きな声を上げながら厨房へ注文を伝えに戻っていった。

「ねえ、ＡＩアシスタントのベルちゃんはどうしたの？」

香理奈がにやにやしながら花に尋ねる。

「これくらいのことじゃ使わないよ」

「そうなの？　あんなに頼ってたじゃない。『ベル？　ベル？』って」

「まあＡＩも使いどころがあるってこと」

「ほほう。ＡＩ専門家としてバージョンアップしたんだね。まあ機械は食事しないんだから、人間は自分の食べるものくらい自分で決めないとね」

「そうだね」

香理奈から出た機械と人間というワードに、花は仙台工場での本郷の言葉を思い出していた。少し沈黙したのち、花は思い切って香理奈に聞いてみる。

「ねぇ、香理奈は聞いたことあるかな。ゲートキーパーっていう組織……」

テーブルに置いてあった香理奈のスマホが鳴る。

「あ、ちょっとごめん、彼氏から電話。なんか束縛厳しくって」

花の言葉を遮って、香理奈はスマホを手に店の外へ出た。

周りを見回すと、はじめは数組しかいなかった店内はいつしか満員となっていた。皆、気の合う仲間とおいしいお酒と食事で、それぞれの疲れを癒し、憂さを晴らしている。それを見ていた花の頭に、本郷が乗るセダンが走り去る光景が思い浮かび、記憶がフラッシュバックした。

先日のカットオーバーでプロジェクトは終了したが、本郷はセレモニー終了と同時に実家の母親が事故にあったと言って、それきり姿を消した。聞けば、後日代行屋を経由して退職届が提出され、受理されたらしい。

花と谷川は爆発のあと、谷川が呼んだ救急車に乗せられて病院に向かった。谷川は岩田との格闘で頭を打ち付けていたらしく、精密検査のためその足で入院となったが、花は運よくかすり傷程度で済んだので、そのまま警察の事情聴取を受けた。

花と谷川のスマホは、恐らくあの岩田と一緒にいた奇妙な機械のせいか壊れてしまい、神社の地下でカメラに収めた写真や動画の類いは軒並み消滅してしまっていたが、地下での出来事、本郷や岩田の暗躍、「ゲートキーパー」なる組織の存在と思想など、見聞きしたすべてを伝えた。

ひとしきり聴取を終えると警察の面々は一旦引き上げたのだが、しばらくして公安を名乗る男が現れた。男によれば、組織の力は強大であり、その影響力は警察組織内にも及ぶとのことだった。

公安は組織を捜査中であり、支障が出るので詳細は口外しないように、とその男は言った。花は従うべきか迷っていたが、退院した谷川に電話をかけて相談し、自分たちの周囲にも危険が及ぶ可能性を考慮して、捜査は公安に任せて静観することにした。

そののち、東京に戻ってからも度々、谷川とはメールでのやり取りが続いており、花たちが監禁された神社の地下からは何も見つからなかったこと、爆発はガス爆発によるものと結論づけられたことを知った。岩田の消息が気になっていたが、花と谷川が救急車で病院に運ばれたあとに倉庫周辺で救出されたと聞いて少し安心した。

「花、お待たせー。ごめんね何か」

香理奈が彼氏との電話を終えて戻ってきたので花は我に返り、「いいよ、気にしないで」と返した。

◆

7月最後の土曜日。ファクトリー5・0のカットオーバーから2カ月が経ち、プロジェクトのメンバーを慰労し、両社の親睦を深めるため、青葉山河製作所とアイアン・ソリューションズの懇親会が開かれた。スカイアローと隅田川を望む浅草のホテルのレストランを贅沢にも貸し切り、30メートル以上はあるビュッフェカウンターに色彩豊かな料理が並んでいる。外は日が沈んでもなお蒸し暑かったが、レストランは冷房がよく効いており、上着を羽織らないと少し寒いくらいだった。

今のところファクトリー5・0は順調に稼働しているうえ、青葉山河製作所の次期会計システムのプロジェクトをアイアン・ソリューションズが受注したこともあり、上層部同士は朗らかに酒を酌み交わし、談笑している。

「よ、花ちゃん、元気か」

意気込んでビュッフェ台から料理を取っている花に、すでに顔を赤くした谷川がビールのグラスを手に声をかけた。仙台工場の代表として上京していたのだ。

「あ、工場長、お久しぶりです。お元気そうですね」

「おうよ。それだけが取り柄みたいなもんだからな」

「よかったです！　その節は……大変でしたね」

「ああ、だな……」

言葉が尻すぼみになり、二人はしばらく無言で向き合った。

「あの、岩田さん、助かってよかったです。あんなことしたけど、でも本当はいい人なんだって。ただ悪い人たちに利用されただけだって信じてるんです」

花が一気にまくしたてた。谷川も頷く。

「かもな。例の地下施設のわずかな隙間に閉じ込められていたってんだから、まあ悪運の強いやつだ。ただちょっと……」

「ただちょっと……何ですか」

　谷川が渋面で言いよどんだので、花は思わず唾を飲み込んだ。

「奇妙なんだよな」

「奇妙……。どこらへんがでしょうか」

「救出された岩田は救急車で運ばれていったんだが、どこの病院にも到着しなかったんだそうだ」

「そんな……」

　目を丸くする花に、谷川は頷いた。

「そうだ。やつは救急車ごとどこかへ消えちまったそうだ。警察が自宅に行ったが、最初から誰もいなかったかのようにもぬけの殻だったらしい」

　花は本郷の言葉を思い出した。「始末屋」。本郷や岩田の不自然な顚末は、もしかしたらこの「始末屋」による後始末なのではないか、と花は思った。

　谷川がジョッキを煽りながら言った。

「なんにせよ、あの地下の施設を見たろ。あんなの二人でなんとかできる代物じゃねえ。バックにいる組織はやっぱりかなりでかそうだ」

「……あまり深入りしてはいけないということですかね」

「少なくとも証拠がない今は何をやっても無駄だろう。だがいつか悪いやつは報いを受けるときがくる。そのときまで辛抱だ。今は大惨事を防いだ俺たちに、乾杯だ」

と言って、気を取り直した様子で肩に手をかけるそぶりを見せた谷川を、花はするりとかわした。

と、二人の後ろから声が聞こえた。

「谷川さん、セクハラはいけませんよ」

花が振り向くと、スーツ姿の小向がニヤニヤして立っていた。

「おいおい、そんなんじゃねぇよ、なぁ、花ちゃん」

そう言って谷川は、すっと手を戻した。

「小向さん、私、次の会計システムの統合案件も担当することになったんです。またいろいろとおうかがいすると思いますが、よろしくお願いします」

ペコリと頭を下げる花に、小向が「今度はプロマネかな」と微笑を返す。

「いえ、まだサブプロマネです」

「橋本さんならいいマネジメントができると思うよ」

「またまた」

小向の言葉をお世辞と受け取りながらも、花は少しはにかんだ。と同時に、仙台で小向に指導を受けていたころの自分を懐かしく思った。

「小向さん、私ファクトリー5・0を担当してみて思ったんです」

「何を?」

「ものづくりで重要なのは人間だということです」

「ふむ」小向は居住まいを正し、真剣な表情で花を見た。花は谷川のほうをちらっと見てから話を続けた。

「ＡＩやロボットが導入されて人間が必要な部分は少なくなっていますが、どんなにそれが進んでも、最後にその製品をお客様にお届けするのはやはり人間です。製品がお客様のもとに無事に届き、さらにその先の消費者に届いて世の中の役に立つこと、それを願い真心を込めてものをつくる。その人間の気持ちがものづくりには重要なのだと思います」

小向が頷いているのを見ながら、花はさらに続けた。

「システム開発でも同じことが言えると思うんです。私はそんな製造業のシステムに今後も携わっていきたいです」

花の話を聞いて、小向が満足そうな笑みを浮かべながら言った。

「いいと思うよ。ファクトリー５・０の成功は日本の製造業を大きく進化させるはずだし、各方面からの問い合わせもたくさん寄せられている。ぜひ頑張って」

「花ちゃん、いいこと言うねぇ」と谷川が茶化すが、その表情はうれしそうだ。

そこへ、紺のレースのワンピースに身を包んだ上原が花たちのもとに駆け寄ってきた。

「花ちゃん、今から花火始まるって！」

「ええ、もうですか」

花が答えたその瞬間に、レストランの窓から大きな牡丹型の花火がパッと広がるのが見えた。それぞれのテーブルで談笑していた人たちが続々と窓のほうへ集まっていく。花たちも皿やグラスをテーブルに置き、窓際へと寄っていった。

「東京の花火もなかなかやるじゃねえか」

谷川がなぜか上から目線で称賛を贈るので、花も「私の地元、秋田も花火はすごいんですよ」と対抗する。

その後も、次々と色とりどりの大輪が夜空に咲いていき、そのたびに歓声やどよめきが起こった。

「ねぇ、花ちゃんの名前って花火の『花』だったりして？」

スマホで花火を撮影しながら、上原がおもむろに尋ねる。

「こんなにきれいに咲けたらいいですよね」

そう言って上を向く花の顔を、華麗で鮮やかな光がゆっくりと照らした。

あとがき

ＳＩｅｒが手がけるプロジェクト型小説の第４弾は「製造業のＩＴ」をテーマにしました。過去３作で、ＶＲやＡＩなどさまざまなＩＴに関わる先進的な技術を扱ってきましたが、今回はＩＴも描くけれど、ＩＴそのものだけではなく、ＩＴが顧客にもたらすものを中心に描こうと考えました。我々の出身母体である親会社が製造業であり、ＩＴのユーザーであることもその理由の一つです。

日本の製造業はかつて「ものづくり大国」として世界から高く評価されていた状況から一変し、グローバルでの戦いを強いられ、低コストで製造する新興国企業との競争、少子高齢化による労働力人口の減少により、危機的な状況を迎えています。

その打開策として、本書のテーマでもある工場への最新ＩＴの導入が選択肢の一つになりうると考えています。この小説ではＡＩや５Ｇ等の技術を活用し、工場の自動化を進めるファクトリー５・０という仮想プロジェクトを描いています。また本書では描けていませんが、デジタルツインの構築により、サイバー空間でシミュレーションした結果をフィジカル空間にフィードバックして、効率的な製造を実現していくことも考えられます。

このような取り組みが日本の製造業を再び活況に導くことを願ってやみません。

……とまあ、偉そうに書きましたが、多忙なＳＥが共同作業で小説を書くということは、想像以上に難しいものがありました。

まずはテーマ。

最終的に今回のテーマに落ち着くまでにはかなりの紆余曲折がありました。執筆メンバーにはそれぞれ書きたいテーマがあり、それを洗い出し、議論していくのですが、一方で我々のようなＳＩｅｒが小説を書く意味は何か、我々しか書けないことってなんだろうと何日にもわたって議論をしてきました。

次にキャラクター。

描こうとしているテーマを効果的に伝えるためにどのようなキャラクターを設定したらよいか、これについても時間をかけて議論しました。それなりの重要な役割を担っていたにもかかわらず執筆を進めるうちに消えたキャラクターもいます。最初はいい人だったはずが、いつの間にか悪役に変わったキャラクターもいます。プロジェクト型小説では複数の執筆メンバーが分担して執筆するので全員のキャラクターイメージが合っていないと会話も不自然になり、書き手によって人格が変わってしまいます。そのイメージ合わせのために何度も議論しました。

さらにストーリー。

テーマを面白く伝えるためにどのようなストーリーで表現すればよいか、どうすればもっと面白くなるか、定石の手法なども参考にしながら議論をしました。複数のメンバーであるがために意見が合わずに時間がかかってしまうことがある一方で、自分では考えつかないアイデアをほかのメンバーが出してくれることもあり、さらにそれに対して別のメンバーが追加でアイデアを出して物語が膨らんでいく、そういったこともありました。このあたりはプロジェクト型小説の面白さだと感じました。

最後に執筆時間の捻出。

日々の業務を通常どおり行いながら小説を書くので、執筆は主にまとまった時間の取りやすい夜間・休日での作業になります。SEの仕事は部署や時期、投入されたプロジェクトにより、急に忙しくなることもあります。当初からフル参加していたメンバーでも仕事が変わって途中からあまり参加できなくなることもあり、担当の割り振り直しや時間の捻出に苦労しました。さらに新型コロナウイルスの影響で外出制限がされたことで、自宅での執筆時間を確保できるようになったメンバーがいる反面、小さな子どもの面倒を見なければならず執筆時間を確保できないメンバーも出てきました。そういったなかにあって、それぞれ工夫して執筆時間を確保してきました。

以上のような数々の苦難を乗り越え、この小説を無事に完成させることができました。今回晴れて世に送り出すことができたことは本当に喜ばしい限りです。

この小説はもちろんフィクションです。小説に出てくる会社や人物は実在のものではなく具体的なモデルもありませんが、主人公の花が触れ合う人たちは我々の会社にもそういう人いそうだよねといった議論のなかから生まれてきていますし、随所にＳＩｅｒとしてのあるある的なネタを埋め込んでいます。この小説を通じて、一般の方には理解されにくいＳＥという仕事の一端にも触れていただければと思います。

また、本書の完成までには多くの方のご協力をいただきました。

初期段階からテーマやストーリー作成にあたってアドバイスをいただくとともに、中途半端な状態の原稿にもかかわらず何度もお読みいただき、的確なご指摘をくださいました株式会社チカラの元木哲三様。毎週の打ち合わせに遅くまでお付き合いいただき、我々の拙い議論にも見捨てることなく客観的かつ温かいご意見をくださるとともに、出版にあたっての諸々の手配を滞りなく実施してくださった山口真依さんをはじめとする株式会社幻冬舎メディアコンサルティングの皆様。さらに社内の各種調整や初期段階で執筆者が活動しやすいよう支援をしてくださった当社小説委員会のメンバー。そして何よりも休日返上で執筆することを陰ながら理解し支えてくださった執筆者のご家族の皆様。この小説は皆様のご協力があってこそ完成したものです。この場でお礼を申し上げたいと思います。

堀江　悟史
藤田　遼太郎
鎌田　隆寛
野村　常勝
山内　靖子

プロフィール
矢野カリサ
SIer（情報システムの企画、構築、運用などの業務を請け負う企業）である日鉄ソリューションズ株式会社の有志からなる小説家集団。普段は営業・システムエンジニアなどとして、さまざまな部門で活躍している。

本書についての
ご意見・ご感想はコチラ

HumanITy
ヒューマニティ

2020年7月2日　第1刷発行

著者　矢野カリサ
発行人　久保田貴幸

発行元　株式会社 幻冬舎メディアコンサルティング
〒151-0051　東京都渋谷区千駄ヶ谷4-9-7
電話　03-5411-6440 (編集)

発売元　株式会社 幻冬舎
〒151-0051　東京都渋谷区千駄ヶ谷4-9-7
電話　03-5411-6222 (営業)

印刷・製本　瞬報社写真印刷株式会社
装丁　田口 実希
装画　伊藤 水月

検印廃止

Printed in Japan
ISBN 978-4-344-92925-8 C0093
幻冬舎メディアコンサルティングHP
http://www.gentosha-mc.com/